ro
ro
ro

Fioly Bocca studierte Literaturwissenschaften und Verlagswesen. Mit ihrem Debütroman «Das Glück der fast perfekten Tage» gelang ihr in Italien auf Anhieb ein Bestseller. Sie lebt mit ihren zwei Kindern in den malerischen Hügeln von Monferrato unweit von Turin.

Fioly Bocca

Das Glück der fast perfekten Tage

Roman

Aus dem Italienischen
von Suse Vetterlein

Rowohlt
Taschenbuch Verlag

Die Originalausgabe erschien 2015
unter dem Titel «Ovunque tu sarai»
bei Giunti editore S.p.A., Florenz.

Veröffentlicht im Rowohlt Taschenbuch Verlag,
Reinbek bei Hamburg, Januar 2018

Umschlaggestaltung Hafen Werbeagentur, Hamburg
Umschlagabbildung Daniela Terrazini/The Artworks
Satz ITC Legacy, PostScript, InDesign,
bei Pinkuin Satz und Datentechnik, Berlin
Druck und Bindung CPI books GmbH, Leck, Germany
ISBN 978 3 499 27206 6

Dies ist ein Roman.
Jede Ähnlichkeit mit realen Geschehnissen
oder Personen ist reiner Zufall.

Für dich.
Denn du bist, wo ich bin

Alice: «Wie lange ist ‹für immer›?»
Weißer Hase: «Manchmal nur eine Sekunde.»
Lewis Carroll, Alice im Wunderland

1

Den Dingen einen Namen geben

Es gibt Tage, die sind perfekt zum Glücklichsein. Während ich dir diese Zeilen schreibe, sitze ich auf einer Bank am Po, hinter mir die Lokale der Murazzi. Turin verkriecht sich unter einer Nebeldecke, die so dicht ist, dass sämtliche Konturen verschwinden. Doch der Nebel kann meiner guten Laune nichts anhaben. In der Agentur habe ich heute ein wichtiges Projekt hinter mich gebracht, jetzt habe ich ein paar Tage frei, um mich zu erholen, das ist nach all dem Stress der letzten Zeit auch dringend nötig. Endlich kann ich durchatmen, meine Gedanken sortieren und dir diese Mail schreiben, die meinem Besuch vorauseilt – ich habe nämlich beschlossen, heute Abend zu dir zu fahren, Mama. Ich möchte die freien Tage nutzen und ein bisschen Zeit mit dir verbringen. Vorhin habe ich mit Papa telefoniert. Er sagt, dass die Ärzte zufrieden sind mit dem Verlauf der Therapie, dass es noch ein paar Untersuchungen geben wird, nur zur Kontrolle, und dass es dir den Umständen entsprechend gutgeht.

Ich blicke auf den Fluss, und während ich an dich denke, fallen mir wieder die Geschichten ein, die du dir immer für mich ausgedacht hast, als ich klein war. Wir saßen nebeneinander gegen den alten Baumstamm gelehnt, und du hast sie mir ins Ohr geflüstert, als würdest du mir ein Geheimnis verraten. Ich sehe die Figuren förmlich vor mir im dichten Morgendunst der Berge: das Mädchen, das den Mond angeknabbert hat, den gedankenverschlingenden Wal, den Elefanten, der alle Wörter in allen existierenden Sprachen kennt. Ich habe ihn mir immer mit einem langen Rüssel vorgestellt, der bis zum Ende der Welt reicht, um daran die Wörter mit spinnwebdünnen Fäden aufzuhängen.

In jede Figur hast du ein Stück von mir gesteckt, von meinem Leben, meiner Angst vor der Dunkelheit, den ersten Träumen, die ich dick in die Schulhefte gezeichnet habe.

Es gab eine Geschichte, die mir besonders gut gefallen hat, die mit Evelina, der Fee – erinnerst du dich noch an sie? Als sich die Erde zu drehen begann, hatte Evelina die Aufgabe, den Dingen, die sie zum ersten Mal sah, einen Namen zu geben. Als sie ein Insekt sanft berührte, flüsterte sie «Eintagsfliege», und das Leben des Tieres dauerte nicht länger als einen Tag. Begegnete sie auf einer Wiese einer Blume, nannte sie diese «Sonnenblume», welche daraufhin ihren Kopf hob und sich mit der weit geöffneten Blütenkrone der Sonne zuwandte. Sie sagte «Schneeweiß» zur ersten durchsichtig schimmernden Flocke und sah, wie sich diese weiß färbte und mit Licht füllte.

Du hast zu mir gesagt: «Wenn du den Sinn einer Geschichte verstehen willst, dann achte auf die Namen der Dinge. Die Moral der Geschichte spielt keine Rolle, die legt jeder für sich selbst fest; auch nicht das Schicksal der Figuren. Nein: Unser Name erklärt, wer wir sind.» Und mir fällt ein, wie du immer gesagt hast: «Drei Dinge musst du mit Bedacht wählen, wenn du im Leben vorankommen willst: deine Worte, deine Liebschaften und deine Schuhe.»

Ich weiß gar nicht, warum ich jetzt an all das denken muss, vielleicht ist es einfach nur der Wunsch, dir so nah zu sein wie damals, vor vielen Jahren, als ich, du und Evelina gegen den alten Baumstamm gelehnt dasaßen.

Genug davon – spätestens morgen sehen wir uns. Ruh dich ein wenig aus, ich freue mich auf dich.

Anita

Ich stecke das Tablet in die Tasche, und beim Aufstehen merke ich, wie verkrampft meine Muskeln sind. Meine Fingerknöchel sind gerötet, weil ich dazu neige, sie mit meinen Zähnen zu malträtieren, wenn ich angespannt bin. Ich gehe ein paar Schritte am Fluss entlang und denke noch mal an das, was ich da eben geschrieben habe, und wie weit entfernt es von der Wahrheit ist. *Es gibt Tage, die sind perfekt zum Glücklichsein* – ich stelle fest, Verzweiflung ist der optimale Nährboden für Übertreibungen.

Ich brauche Zeit, um es zu begreifen. Weiß ich wirklich erst seit einer Stunde, dass du nicht mehr gesund werden wirst? Die Therapie schlägt an, das meinten die Ärzte noch bis vor ein paar Tagen. Und an dieses Versprechen, das von vornherein voller Risse war, habe ich mich geklammert, ich habe mir eingeredet, dass alles gut werden würde. Na ja, wenn es um Krebs geht, weiß man ja nie so genau, was «gut» eigentlich heißen soll. Krebs. Wer ist eigentlich auf den Namen gekommen? Noch immer kann ich mir nicht vorstellen, dass er dich besiegen kann. Soll er doch dahin zurückgehen, wo er hergekommen ist, mit zertrümmerten Scheren, denn du, Mama, bist aus Diamant!

Ich war gerade in der Agentur, als der Anruf kam. Papa wusste nicht, wie er die Distanz, die zwischen uns lag, überwinden sollte, er konnte nicht seine Hand ausstrecken, die meine berühren, um mir das zu sagen, was er sagen musste – dass deine Zeit so gut wie abgelaufen ist. Er wich aus, schaffte es nicht, die Worte so zu formulieren, dass es für mich nicht ganz so schmerzhaft würde. Während ich auf den Urteilsspruch wartete, blickte ich mich um – die Finger meiner Kollegen, die auf ihren Tastaturen herumtippten, das übliche rhythmische Klacken, Brillen, die auf einen schweigenden Bildschirm gerichtet waren.

Die zwei Kapitel muss ich noch schaffen, dachte ich. Typisch – die Katastrophe vor der Tür, und man konzentriert sich auf das schief hängende Bild an der Wand.

Ich hatte stets geglaubt, einen Ausweg gibt es immer, und jetzt stelle ich fest, dass sogar die Tür zum Notausgang verriegelt ist, wie absurd.

Ich habe aufgelegt und bin rausgegangen; zu den Kollegen meinte ich nur, ich müsse schnell was erledigen. Sie warfen sich verwunderte Blicke zu, fünfzehn Monate in der Literaturagentur und bisher noch nie früher gegangen. Vielleicht haben sie begriffen, dass ich auf der Flucht war, ohne zu wissen, wovor.

Fliehen heißt zwar nicht, sich dauerhaft in Sicherheit zu bringen, aber immerhin kommt man für einen Moment raus aus der Gefahrenzone.

Während ich an den Murazzi entlangspaziere, bewegen sich meine Beine wie von selbst im grauen Licht dieses Januarnachmittags. Meine Gedanken befinden sich im freien Fall, sie können keinen Halt finden. Ich muss wieder an den Anruf denken und suche nach irgendeinem Indiz, das mir Hoffnung geben könnte. Ich lausche noch einmal den Nuancen seiner Stimme, flüchte mich in die Zwischentöne, die doppeldeutig waren, klammere mich an Auslassungspunkte. Nichts. Hätten die Ärzte Raum für Optimismus gelassen, hätte mein Vater, ein Meister des positiven Denkens, mir das sicher gesagt.

Vor meinen Augen eine wirre Abfolge einzelner Szenen aus meinem Leben, abgespult wie in einer PowerPoint-

Präsentation: der Umzug von Obra nach Turin, um Kommunikationswissenschaften zu studieren, die erste Begegnung mit Tancredi vor dreizehn Jahren, der Job als Korrekturleserin, schlecht bezahlt und ohne Sicherheit. Eine schnelle Kamerafahrt, Gesichter und Stimmen, durchgemachte Nächte in verrauchten Kneipen oder über Büchern, meine Berge, meine Wurzeln, alles, von dem ich dachte, es gehöre zu mir, verflüchtigt sich nun.

Ich setze einen Fuß vor den anderen, wie in Trance. Der gewohnte Ausblick löst sich ab mit wirren Gedanken: der Po, der träge weiterfließt – ich muss mich beeilen, ich muss zu ihr –, der Ruderverein scheint seit Jahrmillionen verlassen zu sein – was werde ich zu ihr sagen? –, die Sprüche an den Mauern, *ich liebe dich* neben *Arschloch* –, was packe ich in den Koffer? Ich muss herausfinden, wann die Züge fahren – die Kirche Gran Madre, die *Große Mutter*, die sich würdevoll und unbarmherzig aus dem Nebel erhebt –, was wird aus *meiner* Mutter?

Ich muss tausend Sachen erledigen, es kommt mir vor, als hätte ich nicht genügend Zeit. Tief durchatmen, um die Dinge in Ruhe zu organisieren, schaffe ich nicht. Ab sofort gilt: Egal, was ich als Nächstes zu tun gedenke, die Zeit wird nicht ausreichen. Dieses Gefühl irritiert mich, es schnürt mir die Kehle zu.

Als wäre ich es, die im Sterben liegt.

Ist es vielleicht so? Wird mein ganzes bisheriges Leben zusammen mit meiner Mutter gehen?

Ich habe darauf keine Antwort, da ist nur diese Rastlosigkeit, diese Unruhe, die mich nicht mehr loslässt.

Ich setze mich wieder, mir tun die Beine weh. Die Piazza Vittorio mit ihren Bänken nehme ich gar nicht mehr wahr, bestimmt hat man mich ins falsche Leben geworfen, in dem jetzigen finde ich mich jedenfalls nicht zurecht.

Es fängt an zu regnen. Ich stehe auf, mein Hintern ist ein Eisklotz, und mache mich auf den Nachhauseweg.

Es dauert eine ganze Weile, bis ich in der Via Nizza bin und – ohne Aufzug – den dritten Stock erreicht habe. Als ich die Wohnung betrete, fühle ich mich wie ein nasser Lappen.

Alice legt ihren Text auf den Küchentisch. «Was ist denn mit dir los?» Das war eindeutig mit zu viel Emphase, offensichtlich steckt sie noch zu sehr in ihrer Rolle.

Wie sollte ich Worte finden, um etwas zu erklären, was ich selbst nicht begreife? Schluchzen. Es kommt nur ersticktes Schluchzen und Seufzen, bevor ich es Alice erzählen kann, bevor ich dieses Gewirr ausspucken kann, das mich bedrückt.

«Es ist wegen deiner Mutter, stimmt's?» Alice reißt ihre braunen Augen, die wie reife Kastanien aussehen, weit auf – und wieder scheint sie auf der Bühne zu stehen. Sie ist eine gute Schauspielerin, und eine gute Freundin. Ich erinnere mich noch an den Tag, als wir uns im Foyer der Uni kennenlernten. Wir waren zwanzig Jahre alt, und mit zwanzig steht fest, dass man sein Leben noch vor sich hat; diese absolute, verlogene Gewissheit, die einem ins Ohr raunt: *für immer*.

Alice bedeutet *von schönem Äußeren*. Ihre Haut ist hell, fast durchscheinend, noch weißer als meine, und die Fältchen, die ihre Lippen und Augen umspielen, unterstreichen ihre Mimik nur noch mehr.

Alice bedeutet auch *dem Meer entstammend*, und in der Tat gleitet sie durchs Leben wie ein schillernder Fisch durch die ruhigen Wasser eines tropischen Sees. Ganz anders als ich, die stets gegen die Strömung anzukämpfen scheint wie ein Fisch in einem Gebirgsbach. Wir sind uns so ähnlich und zugleich verschieden, und genau darum mochten wir uns auf Anhieb. Eine Freundschaft, die seit über zehn Jahren hält.

Und nun, mit dreiunddreißig Jahren, teilen wir uns eine Wohnung, die wir uns kaum leisten können. Ich mit meinem Job in der Agentur, sie als Barkeeperin. Jede von uns ist mit einem Traum hier eingezogen: der große Durchbruch auf der Bühne der ihre, neue Schriftsteller entdecken der meine. Ich würde gerne literarische Talente auszeichnen, obwohl ich selbst so wenige Talente habe: Ich wünschte, meine Tätigkeit als Wort-Ziselierer könnte jemandem helfen, der mit Worten ganze Welten erschaffen kann.

Ich heiße Anita, das bedeutet *hübsch*. Hübschsein ist ein Trostpflaster für die, bei denen es nicht zu mehr reicht.

Alice dagegen steckt voller Talente. Jetzt aber schweigt sie, sie weiß, es gibt nichts zu sagen. Sie legt ihren Text auf den Tisch, steht auf und umarmt mich. In ihrer Umarmung löse ich mich auf und beginne, befreiend zu schluchzen.

Den Schmerz zu lindern heißt zwar nicht, ihn dauerhaft zu heilen, aber zumindest bewahrt es einen zunächst noch vor dem Untergehen.

«Und was hast du jetzt vor?»

«Ich packe, suche mir einen Zug raus, und dann fahre ich zu ihr.»

«Und was ist mit deiner Arbeit?»

«Die kommen ohne mich klar, ist mir im Moment auch egal. Ich nehme Urlaub, die werden das schon verstehen.»

Ich öffne den Kleiderschrank und hole willkürlich ein paar Sachen heraus. In den Bergen ist es kälter, ich werde bestimmt einen dicken Pulli brauchen. Mama würde das auch sagen: «Zieh dich warm an, der Januar hier ist hart.» Die Winterstiefel nehme ich nicht mit, die werde ich im Krankenhaus nicht brauchen.

Ich schaffe es nie, meine Koffer rechtzeitig zu packen, wenn ich wegfahre, chaotisch wie ich bin, und jetzt schon gar nicht, zumal ich nicht einmal weiß, wie lange ich weg sein werde; dazu kommt noch das Chaos in meinem Kopf, das mindestens so schlimm ist wie die Unordnung in meinem Schrank.

Ich schaue, wann die Züge fahren. Wenn ich gleich losgehe, bin ich am späten Abend in Obra. Ich könnte auch den ersten Zug morgen früh nehmen, aber ich will nicht warten, ich habe keine Zeit. Noch einmal Alice umarmen, die mir «Pass auf dich auf» zuflüstert, und schon bin ich auf der nass glänzenden Straße, auf die weiterhin der Regen prasselt. Meine Welt in einem Tropfen, vorher rund und in sich geschlossen, jetzt eine klägliche Pfütze unter meinen Gummisohlen.

2

Sein Pullover über meinem

Schnell zum Fahrkartenschalter, und gerade noch erwische ich den Zug. Erst als ich mir einen Platz im halbleeren Zugabteil ausgesucht habe, fällt mir ein, dass ich Tancredi noch gar nicht angerufen habe.

Ich krame mein Handy aus der Tasche. «Ciao, mein Schatz», meint er in leicht gehetztem Ton, als wollte er nicht gestört werden. «Kann ich dich in einer halben Stunde zurückrufen? Marco ist hier, wir reden gerade über das Projekt für die neuen Kunden ...»

«Tancredi, ich bin auf dem Weg zu meiner Mutter, ihr Zustand hat sich anscheinend verschlechtert. Sorry, dass ich mich erst jetzt melde, aber es ging alles so schnell, mein Vater hat mich vor ein paar Stunden angerufen, und jetzt sitze ich schon im Zug.»

«Das tut mir leid, Kleines», meint er und klingt dabei schon etwas netter, «es wird schon nicht so schlimm sein, mach dir keine Sorgen.»

«Klar doch. Ist ja nur Krebs, das geht wieder vorbei.»

«Okay, du möchtest jetzt nicht darüber sprechen. Ich rufe dich später an, versuch, dich zu entspannen, ja?»

Hoffentlich ist das Gespräch bald vorbei. Ich frage mich, wie man nur so unpassend daherreden kann, aber wie immer versucht ein Teil von mir, ihn in Schutz zu nehmen.

Tancredi habe ich vor mehr als dreizehn Jahren kennengelernt. Ich war erst vor kurzem aus dem Trentino weggezogen, um zu studieren – Kommunikationswissenschaften, das wurde in Trient nicht angeboten, und so ließ ich mich von der faszinierenden Würde der piemontesischen Hauptstadt bezaubern.

An jenem Tag hatte mich eine Kommilitonin zu einer Party bei Freunden eingeladen. Sie hatte so sehr darauf bestanden, dass ich schließlich nachgab, weniger aus Interesse, sondern weil ich sie nicht vor den Kopf stoßen wollte; schon immer war es mir zuwider, die Erwartungen anderer zu enttäuschen, während ich meine eigenen ständig enttäuschte.

Ich war also bei diesen Freunden von ihr gelandet, in einer Villa am Hang, gleich über dem Ruderverein. Eines dieser Häuser, von denen man glaubt, sie existieren nur in Zeitschriften für Möbeldesign, und wenn man eines betritt und eine solche Umgebung nicht gewohnt ist, bewegt man sich darin, als wäre selbst der Fußboden aus Glas.

Die Eltern des Gastgebers waren nicht zu Hause. Als wir ankamen, hatte sich gerade dieser Haufen nach Wodka stinkender Irrer eingefunden und war dabei, Cocktails aus Bleikristallgläsern zu schlürfen und die Teppiche im Shabby-Chic-Stil hoffnungslos zu ruinieren.

Ich stand da, an eine Wand gelehnt – besonders wohl fühlte ich mich nicht –, und unterhielt mich mit ein paar Leuten, die ich flüchtig von der Uni kannte, der Coolness wegen eine Zigarette in der Hand und meine ganze Verlegenheit hinter wildem Gestikulieren verbergend. Keiner schien meine Anspannung zu bemerken – ich war zwanzig und hübsch, wie mein Name schon sagt; das genügte einigen Typen in bester Partylaune anscheinend schon, um mich interessant zu finden.

Ich trug damals knapp schulterlanges Haar, dunkelblond, eine Flut kräftigen Honigs, und Fransen, die ich ständig aus dem Gesicht pustete, als wären sie ohne mein Wissen gewachsen. Ich war immer perfekt frisiert, meistens stand ich eine halbe Stunde früher auf, um meine Haare zu glätten – stets darauf bedacht, alles unter Kontrolle zu halten.

Unscheinbar, dünn, klein, ein richtiges Bonsai-Mädchen. Nicht schön – hübsch. Helle Augen mit gelben Einsprengseln, die Schultern immer leicht nach vorn gebeugt, der Gang und der Kleidungsstil eines Menschen, der nicht auffallen will.

Gegen Ende der Party, als die Geräusche gedämpfter wurden und der Raum von einem leisen Raunen erfüllt war – der Chor aus dem müden Rest –, kam Tancredi auf mich zu. Ich suchte gerade meine Sachen zusammen und fragte mich, warum ich das nicht schon vor Stunden getan hatte, als sich dieser zerzauste Typ vor mir aufbaute, der so entschlossen aussah, als sei er es nicht gewohnt, bei jemandem abzublitzen.

«Hast du Feuer?», fragte er scheinheilig und mit alkoholverschleiertem Blick. Wie platt, dachte ich. Ohne eine Antwort abzuwarten, lehnte er sich neben mich an die Wand und betrachtete mich eindringlich.

Ich holte mein Feuerzeug aus der Tasche und reichte es ihm leicht genervt. Während er sich eine Zigarette ansteckte, hörte er nicht auf, mich zu mustern.

«Ich hab dich noch nie in der Gegend gesehen, bist du neu hier?» Ein grauer Rauchschleier schob sich zwischen seine schwarzen Augen.

«Ja ... Ich bin erst vor kurzem hierhergezogen.» Die Worte kamen stockend.

Später habe ich mich oft gefragt, ob ich schon bei unserem ersten Gespräch dieses seltsame Brummen in meinem Kopf gehört habe, das jeden klaren Gedanken im Keim erstickt. Ob es Tancredi mit ein bisschen Lächeln und ein paar Blicken gelungen war, sich in meinem inneren Chaos einen Weg zu bahnen, hin zu einem Punkt irgendwo zwischen Gehirn, Unterleib und Herz.

Wer kann schon sagen, wann es knallt, wann der Funke der Liebe überspringt, der es dir unmöglich macht, dich auf die alltäglichen Dinge zu konzentrieren, die du noch einen Tag zuvor mit der Mechanik eines Roboters erledigt hast. Plötzlich ist es mit der Aufmerksamkeit vorbei – beim Autofahren überlegst du, wie seine Hände wohl das Lenkrad umfassen, beim Zähneputzen siehst du, wie dich seine Augen im Spiegel fixieren, beim Spaghettikochen fragst du dich, ob er mit Chili oder Pfeffer würzt.

Wer kann schon sagen, ob die Liebe ein plötzlicher Knall ist, wie ein Schuss in der Dunkelheit, oder ob sie sich nicht eher langsam von Kopf bis Fuß ausbreitet und dabei im gesamten Körper eine zarte schimmernde Spur hinterlässt.

Rückblickend weiß ich jedenfalls nicht, ob mir Tancredi bereits an jenem Abend meine Gedanken raubte, mit seinem direkten Wesen, seiner geraden Nase und seiner Art, die Hände zu bewegen, als streichelten sie dich auf geheime Weise.

In jener Nacht haben wir uns lange unterhalten, jeder hat von sich erzählt, während Turin seine müden Glieder streckte.

Ich erzählte ihm von den Bergen, die ich verlassen hatte, um hierherzuziehen, von den steinigen, unwegsamen Pfaden, auf denen ich meine ersten Schritte machte, vom Heimweh, das sich in manchen Nächten auf leisen Sohlen anschleicht und mir die Kehle zuschnürt.

Auch er hat von sich erzählt – was, weiß ich nicht mehr. Bestimmt hat er von seiner Liebe zur Fotografie gesprochen, dass sie ihm schon in die Wiege gelegt worden war, von den Polaroidbildern, die den Bauch seiner Mutter verewigten, als er darin schaukelte, zweiundzwanzig Jahre zuvor. Er kam aus Turin, und sein größter Wunsch war es, Fotoreporter zu werden. Deswegen belegte er einen der exklusivsten Fotokurse der Stadt, nachdem er sein Abitur auf einem Kunstgymnasium abgelegt hatte.

Und so haben wir gegen Ende dieser Nacht die erste Schicht der Geheimnisse von unseren Leben gekratzt.

Ich weiß noch, wie ich dann auf meinem Balkon stand und die Morgendämmerung betrachtete, in der Tasche seine Nummer, auf dem Gesicht ein Grinsen wie eine strahlende Mondsichel. An Einschlafen war gar nicht zu denken.

Ein paar Tage später haben wir uns wiedergesehen. Er hatte mich angerufen, und wir haben uns auf dem Rummel außerhalb der Stadt verabredet.

Als ich auf dem Karussell saß, auf so einem verrosteten, quietschenden Teil, zog er eine Kamera aus seiner Jeans und schoss ein paar Bilder.

Ich habe diese Fotos einige Zeit später noch einmal hervorgeholt und sah darauf einen verträumten, weichen Ausdruck auf meinem Gesicht, den ich gar nicht an mir kannte.

Auch ich fotografiere sehr gern, um dem Fluss der Zeit einen Augenblick zu entreißen. Ganz anders Tancredi. Er fotografiert, um zu verändern, um einzugreifen. Ich halte fest, er gestaltet um. Ich konserviere, er interpretiert.

«Was fehlt dir am meisten von deinem Dorf?», fragte er mich, als wir auf unseren Schaukeln saßen.

Ich überlegte kurz. «Mir fehlt, aus dem Haus zu gehen und keinem zu begegnen. Ich habe es geliebt, alles um mich herum ganz für mich zu haben. Das kann dir hier nicht passieren.»

Wahrscheinlich fand er mich komisch. Sein Lächeln wirkte belustigt und gerührt, so, wie wenn ein Kind Wörter falsch verwendet. Jedenfalls stieg er von seiner Schaukel, kam zu mir und küsste mich, ganz selbstverständlich, als hätten wir das schon immer getan.

Was blieb, war der Geschmack nach Lakritze, ein leicht gerötetes Gesicht von seinen Bartstoppeln und der Duft nach wilder Pfefferminze.

Die erste gemeinsame Nacht war nicht so harmonisch. Es passierte eine Woche später, als seine Eltern nicht da waren. Vielleicht lag es auch an der Befürchtung, sie könnten unerwartet früh zurück sein, jedenfalls war nicht viel Sinnlichkeit im Spiel. Ein hastig heruntergespieltes Menuett, pulsierend, aber ohne Rhythmus.

Ich kann mich genau erinnern, danach, unsere Füße auf dem Mahagoni-Hochbett, seine schweißbedeckten Schultern – es war ein schwüler Augusttag – wie nach einem Sprint, um den Zug noch zu erwischen.

Mit der Zeit wurde es besser. Ganz allmählich haben wir uns besser kennengelernt. Denn wenn die Liebe ein Tanz ist, sagte ich mir, muss man erst lernen, sich dabei nicht gegenseitig auf die Füße zu treten.

Bevor ich nach unserer ersten gemeinsamen Nacht ging, hat Tancredi mir ins Ohr geflüstert: «Immer wenn du genug von den Geräuschen der Welt hast, wartet dieses Zimmer auf dich.»

Tancredi bedeutet *guter Ratgeber*, und so nahm ich seine Einladung gerne an.

Seitdem ist so viel Zeit vergangen, dass die Erinnerungen verschwimmen. Wir wurden älter, Seite an Seite, den Abstand zwischen uns justierten wir von Zeit zu Zeit, sodass wir nebeneinander herlaufen konnten, ohne uns gegenseitig zu behindern und ohne uns allzu sehr voneinander zu entfernen, dazwischen drifteten wir auseinander und begegneten uns erneut mit plötzlich wieder aufflammendem Begehren.

Da fällt mir unser erster gemeinsamer Ausflug ein. Es war im Spätherbst, wir saßen in einer Trattoria in den Hügeln des Piemont. Wir aßen draußen, und die Ahornwälder entzündeten mit ihren kräftigen Farben den Horizont. Als wir unseren Espresso tranken, kam eine Windböe auf, und ich begann zu frösteln. Ohne etwas zu sagen, zog er seinen Pullover aus und gab ihn mir. Ich meinte, das sei doch viel zu kalt, nur im Hemd, aber davon wollte er nichts wissen. So trug ich seinen viel zu großen Pullover über meinem. Es sah bestimmt albern aus, aber noch nie zuvor hatte ich mich von einem Mann so beschützt gefühlt. Das Gefühl war so wunderbar und neu, dass ich es Liebe nannte.

Wir hatten durchaus auch schwierige Zeiten. Wie damals, als er vier Monate lang einen Kurs für Fotojournalismus in Lyon machte. Am Telefon wurde er immer kühler und distanzierter, bis ich dachte, er wolle mich verlassen. Vermutlich stimmte das sogar, doch als er wieder hier war, hatte er seine Meinung anscheinend geändert. Ich wollte gar nicht so genau wissen, was ihm durch den Kopf gegangen war, sondern warf mich in seine Arme und war einfach nur glücklich, ihn wiederzuhaben.

Und bald hatte der Beziehungsalltag meine Angst, ihn zu verlieren, vertrieben.

Mittlerweile spielen sich unsere Treffen auf einer anderen Bühne ab, Tancredi lebt zusammen mit ein paar Freunden in einer WG in der Nähe der Gran Madre. Seitdem haben wir ein Zimmer für uns und müssen nicht fürchten, nackt und eng umschlungen von seinen Eltern ertappt zu werden.

Aber noch heute fällt mir, wenn ich an die Liebe denke, immer dieser Pullover über meinem ein und dieses Mahagoni-Hochbett mit den hastig auf den Boden geschleuderten Schuhen davor.

3

Sich wiedersehen

Als ich in Rovereto ankomme, ist es tiefe Nacht. Ich rufe ein Taxi und lasse mich wenig später in den Sitz sinken. Während das Auto die ersten Steigungen nimmt, denke ich daran, wie ich mich als kleines Mädchen immer vom Anblick der Berge meiner Heimat streicheln ließ, wie ich diese nach Holz und Erde gesättigten Gerüche einatmete, als wäre es das letzte tiefe Luftholen vor einem langen Atemstillstand.

Ich erreiche das Dorf, und da ist schon das Haus, mit seinen gelben Mauern vor dem schwarzen Hintergrund des Nachthimmels, mein Zuhause, das in all den Jahren stur auf mich gewartet hat. Ich schleiche in mein Zimmer, damit ich meinen Vater nicht wecke, obwohl er bestimmt auch auf mich gewartet hat, heimlich, und erst in den Schlaf sinkt, nachdem er gehört hat, wie sich die Tür hinter mir schließt.

Ich schlüpfe ins Bett, krieche unter die dicke Decke, dann bewahrt mich ein traumloser, tiefer Schlaf davor, denken zu müssen.

Den Kummer verdrängen heißt zwar nicht, aufhören zu leiden, aber es verschafft dem Schmerz eine Atempause.

Am nächsten Tag weckt mich das helle Licht, das durch die Fensterläden dringt. Ich gehe hinunter, mein Vater ist schon in der Küche und macht Frühstück. Ich beobachte ihn, wie er am Herd hantiert. Schmal ist er geworden im Vergleich zum letzten Mal, mir fällt auch eine neue, kaum wahrnehmbare Unsicherheit in seinen Bewegungen auf.

Er dreht sich um und bemerkt mich; ein Lächeln huscht über sein Gesicht. Dann drückt er mich an sich, ohne etwas zu sagen. Viele Worte konnten wir noch nie finden, um ein Schweigen zu füllen, das liegt wohl an unserem Gebirgsblut.

Ich umarme ihn, und die Verkrampfung, die mich lähmt, löst sich zumindest ein wenig, endlich spüre ich etwas Wärme über meinen Rücken wandern, der gespannt ist wie ein Bogen, um die Last der Welt zu tragen.

«Ich mache dir einen Kaffee, Anita. Du siehst müde aus.» Er ist immer noch der Alte. Auch mit einem tieftraurigen Herzen kümmert er sich um alles. Hauptsache, keine Schwäche zeigen, sich keinen Fehltritt erlauben auf diesem Drahtseil, auf dem sich jetzt sein Leben abspielt.

Er heißt Antonio, und hat sein Leben lang als Elektroinstallateur gearbeitet. Vielleicht lag es an seiner Kindheit in der Nachkriegszeit, dass er es sich zur Aufgabe gemacht hatte, Lichter anzuzünden, der festen Überzeugung, jedes beleuchtete Zimmer würde der Welt ein Stück von ihrer Dunkelheit nehmen. Seit ich denken kann, fuhr er mit seinem weißen Fiat Panda die Berge rauf und runter, und noch heute sehe ich die Umrisse seiner Gestalt auf einem Strommast regelrecht vor mir – als Kind bekam ich jedes Mal zitternde Knie von dem Anblick, wie er da oben hing, ein Akrobat des Himmels mit seinen Lichtzaubereien.

Mein Vater, mit seiner rauen Art, den schwieligen Händen und den dichten Wimpern über den freundlichen Augen. Mit der schlichten Intelligenz eines Menschen, der es allein geschafft hat und der schon immer der Ansicht war, dass es «besser ist zu hungern, aber frei zu sein, anstatt jemandem die Stiefel zu lecken».

Er hat sich nie vor etwas gedrückt. Auch jetzt nicht, in diesem Haus, wo alles wie in Zeitlupe abläuft. Denn Antonio bedeutet *der sich dem Gegner stellt*, und seine Faustregel lautet: «Es wird getan, was getan werden muss.»

Während ich meinen Kaffee trinke, reden wir kurz über die Fahrt und das Wetter, aber mir ist nicht nach Smalltalk zumute, ich will zum Kern der Sache kommen: «Wie geht es jetzt weiter mit Mama?»

«Schwer zu sagen. Auf der letzten CT waren Metastasen zu sehen.» Er presst die Worte heraus, als drohe die Hoffnung auf ein Wunder mit jeder Silbe ein wenig mehr zu verschwinden. «Sie überlegen, ob man operieren kann. Aber so einfach ist das nicht. Wahrscheinlich bringt es nichts.»

«Aber warum, das letzte Mal haben sie doch gesagt, dass die Therapie gut anschlägt ...» Ich bin wütend auf die Sorgenfalte auf seiner Stirn, sie ist neu, und sie sagt: *Es gibt keine Hoffnung mehr.*

«Ich weiß es nicht, Anita, sie wissen es ja selber nicht. Vielleicht kommt es ja doch noch anders, aber sehr wahrscheinlich ist das nicht, sie waren ziemlich deutlich. Mehr kann ich dazu nicht sagen ... Du musst jetzt stark sein. Ich weiß, wie weh das tut, aber du musst jetzt stark sein, meine Kleine.» Er wirkt hilflos, und ich sehe, wie viel Kraft es ihn kostet, mich nicht allein im Treibsand versinken zu lassen.

«Wie viel Zeit hat sie noch?» Etwas weniger barmherzig bohre ich die Klinge tief in die Wunde.

«Ein paar Wochen, vielleicht sogar drei, vier Monate ...»

Ich lasse ihn nicht aussprechen, jetzt, wo ich die Wahrheit kenne, möchte ich sie gleich wieder von mir abschütteln und schnell vergessen. «Sie weiß es nicht, stimmt's?»

«Nein. Wir werden ihr auch nichts sagen, es hätte keinen Sinn. Sie ist schwach, sie ahnt, dass etwas nicht stimmt. Wir haben zu ihr gesagt, dass sie einfach nur müde ist und dass sie die Chemotherapie unterbrechen soll, damit sie sich erholen kann.»

Ich verbrühe mich am Kaffee. «Komm, lass uns gehen, ich hole meine Jacke.» Ich kann nicht glauben, dass er diesen Weißkitteln blindlings vertraut.

Im Auto schweigen wir weitgehend, ab und zu sagt er: «Jetzt sieh dir an, wie dieser Idiot fährt!» oder «Ist dir aufgefallen, wie bitterkalt es dieses Jahr ist?» Mit müden Augen blicken wir in die klare Luft im Tal. Mein Vater und ich ... Als wären wir eben zu einem Sonntagsausflug aufgebrochen.

Das Krankenhaus von Rovereto ist klein, sieht aber gepflegt aus. Wir nehmen den Aufzug zur Onkologie, ich bekomme weiche Knie. Den Weg kenne ich, auf diese Station habe ich Mama zur Chemo begleitet, trotzdem bleibe ich ein Stück hinter meinem Vater, der sich durch die Korridore bewegt, als wäre das hier sein Zuhause. Damit eines klar ist: Ich glaube nicht an diese Geschichte, dass meine Mutter sterben wird.

Es ist noch nicht mal zwölf, denke ich, zum Glück kümmern sie sich auf dieser Station nicht um Besuchszeiten. Das Wort *Glück* entlockt mir ein bitteres Lächeln.

Ich betrete das Zimmer. Da liegt sie, ein verknäultes Etwas auf dem Bett, den Kopf hat sie zum Fenster gedreht. So früh hat sie mich gar nicht erwartet, auch wenn mein Vater ihr gestern Abend meine E-Mail vorgelesen hat.

«Hallo, Mama», bringe ich mühsam hervor, selbst ein schiefes Lächeln gelingt mir.

«Mein Schatz ... so eine schöne Überraschung!» Ein strahlendes Licht erfüllt den Raum.

Meine Mutter richtet sich auf, sie möchte nicht liegen bleiben. Sie streicht ihren Morgenmantel glatt, zupft mit flinken Bewegungen ihre Haare zurecht, mit dieser verdammten Selbstbeherrschung eines Menschen, der das persönliche Leid von der Welt fernhalten will.

Wir umarmen uns, dabei wird das graue Laken mit dem Aufnäher *Krankenhaus Rovereto* noch mehr zerknäult. Ich löse mich von ihr und betrachte sie – schlecht sieht sie eigentlich nicht aus. Ihre Hebammen-Arme sind nur etwas dünner geworden, die Muskeln erschlafft wegen der unfreiwilligen Untätigkeit. Sie hat die Haare zusammengebunden, sie sind noch alle da, sichtlich ergraut zwar, aber es sind noch immer viele, der Chemo zum Trotz, mit der man sie in den letzten Monaten so gequält hat.

Wir sehen uns an, der Moment scheint eine Ewigkeit zu dauern und nicht nur die wenigen Sekunden, die gegen das kalte Metall am Kopfende des Bettes und auf den abgetretenen Boden tröpfeln.

Ich atme erleichtert auf, weil ich weder Schläuche noch einen Tropf sehe. Wie schön meine Mutter ist, denke ich, wieso habe ich das vorher nie in dieser Deutlichkeit gesehen ...

Wir reden über dies und das, und dabei gelingt es ihr, mir die Angst vor der Leere zu nehmen, die Angst, Momente des Sprechens und des Schweigens nicht richtig zu dosieren. Sie ist meine Mutter, und ich kannte sie schon, bevor ich mich selbst kannte, aber jetzt behandele ich sie wie einen kostbaren, zerbrechlichen Kristall, als könnte ein falsches Wort sie augenblicklich zerspringen lassen. Doch mit ihrem herzhaften Lachen wischt sie jedes Gefühl von Beklemmung einfach weg. Siehst du, sage ich mir, jemand, der stirbt, lacht bestimmt nicht so, ihr dummen, unfähigen Ärzte, ihr Schwarzmaler!

An diesen Kleinigkeiten halte ich mich fest, um nicht abzustürzen.

Sie fragt mich, wie es Tancredi geht, sie mag ihn sehr, weil er ihr das Gefühl von Zuverlässigkeit vermittelt, die sich jede Mutter für ihre Tochter wünscht. Sie sagt: «Du weißt schon, dass ich gerne Enkel hätte ...», doch das ganze Strahlen ihres Lächelns kann einen Rest von Unsicherheit, der über ihre Augen huscht, nicht verbergen.

«Es wird nicht mehr lange dauern, Mama», versichere ich ihr und denke gleichzeitig, dass ihre tiefblauen Augen gerade ein zu großer Spiegel für mich sind, in dem sich mein winziges Gesicht verliert.

Das Summen der Klingel erlöst mich – die Bettnachbarin hat sie gedrückt, eine alte, schwermütig wirkende Frau mit einem eingefallenen Gesicht und Falten wie die einer zerknitterten Brottüte. Sofort kommen zwei eifrige Pflegerinnen herbei und überprüfen den Tropf.

Die eine hat roten Flaum auf dem Kopf, ganz feinen, fast transparent sieht er aus. Ihr Blick ist abwesend und verhärmt, sicherlich von der Last des Lebens, mit der sie im Krankenhaus tagtäglich zu kämpfen hat.

Die andere ist pummelig mit einem knallroten Gesicht, wahrscheinlich ist sie zu jung, um sich ihre Lebensfreude von diesem Elend hier vermiesen zu lassen. Unter ihrer Haube schaut ein kurzer schwarzer Pony über schwarz funkelnden Augen hervor.

Sie ist es, die mich später mit diesem aufgesetzten Lächeln auf dem Gesicht anspricht, anscheinend ist sie sehr geübt darin, schlimme Nachrichten herunterzuspielen. Sie ist es auch, die mir Dinge sagt, die mich nicht interessieren und die ich nicht hören möchte. Und die ich auch gar nicht höre. Meine Gedanken schweifen ab und erforschen diese Räume, in denen es nach Urin, Suppe und Desinfektionsmittel riecht. Ich entwickle fast einen Hass auf diese unschuldige, *unversehrte* Frau, die in professionellem Ton auf mich einredet. Ich denke, wie überhaupt gar nicht ich ihre Arbeit tun möchte, und mit ein klein wenig Verachtung stelle ich mir vor, wie sie bis ans Ende ihrer Tage Hintern abwischt und Bettpfannen leert.

Sie faselt von den Blutwerten meiner Mutter, vom Blutdruck und ihrem Fieber, als würde sie sie besser kennen als ich. Nur weil sie ihr seit Tagen das Fieberthermometer ins Ohr steckt, heißt das noch lange nicht, dass sie mir über meine Mutter etwas erzählen darf. Mir, ihrer Tochter, die in ihrem Körper gewachsen ist, der damals Leben statt entarteter Zellen hervorbringen konnte.

Wenn man die Augen verschließt, bedeutet es nicht, dass die Probleme nicht mehr da sind. Aber wenigstens sind sie für ein paar Atemzüge unsichtbar.

Meine Mutter war eine starke Frau, ein Felsen, der sich hinter einer zarten Fassade verbarg. Sie war das älteste von vier Geschwistern. Nur sie und ihre Schwester sind noch am Leben, der eine Bruder verstarb mit wenigen

Monaten, der andere mit wenigen Jahren. Wenn man es recht bedenkt, müsste so etwas einer Mutter das Herz brechen, aber es waren andere Zeiten damals, man legte den Schmerz einfach beiseite, um den noch lebenden Geschwistern ein besseres Los zu bescheren. Es war einfach nicht allen vergönnt, die Kindheit zu überleben.

Agnese hat all ihre Geschwister zur Welt kommen sehen, eins nach dem anderen, deshalb wollte sie auch Hebamme werden. Sie hat immer geglaubt, das Leben sei stärker, selbst wenn sie die kleinen Körper auf dem Totenbett liegen sah. Ihre Familie war arm, sie waren Bauern. Sie arbeitete, finanzierte sich so ihre Ausbildung, um ihren Traum zu verwirklichen. Allerdings brauchte man damals diese ganzen Schulen gar nicht, in erster Linie war Erfahrung gefragt. Und so begann sie sehr früh als Praktikantin im Krankenhaus von Rovereto.

Dort lernte sie dann meinen Vater kennen. Es war an einem schönen Frühlingstag – sie hat es mir bestimmt schon tausendmal erzählt. Antonio, der damals bei seiner Mutter in Rovereto wohnte, hatte sich bei der Arbeit das Handgelenk verstaucht, und während er wartete, bis er an die Reihe kam, erblickte er diese Frau, die so schön, strahlend und stolz in ihrem weißen Kittel aussah.

Meine Mutter hatte schon immer einen selbstsicheren, fast gebieterischen Gang. Das war der Grund, weswegen er sich in sie verliebte, gestand mein Vater, diese Entschlossenheit, mit der sie die Wege dieser Welt beschritt.

Und so sprach er sie an jenem Tag an, unter dem Vorwand, er müsse sie etwas fragen, weil seine Cousine auf der Entbindungsstation liege. Fast muss ich lachen, wenn ich mir vorstelle, wie dieser unbeholfene Kerl etwas offensichtlich Erfundenes daherfaselt, um sich an die schöne Hebamme heranzumachen. Wie ich ihn einschätze, wurde er bestimmt rot. Wahrscheinlich blickte er, während er sprach, nach unten auf seine ausgetretenen Schuhe, mit denen er sich immer in irgendwelche dunklen Abstellräume zwängte oder auf Strommasten kletterte, um Lampen zum Leuchten zu bringen. Meine Mutter durchschaute ihn sofort, ließ es sich aber nicht anmerken – ihr gefiel seine aufrichtige Schüchternheit. Sie beantwortete ihm seine Fragen, sehr ausführlich sogar, streichelte ihn mit Blicken, und bereits da war schon eine leise Anziehungskraft zwischen den beiden spürbar. Seine Einladung, nach ihrer Schicht einen Kaffee in der Bar gegenüber zu trinken, hatte sie gleich angenommen.

Das passiert wohl nicht allzu oft, sich sofort zu *erkennen*, sich zu *finden*, so einfach. Vielleicht ist es aber auch die Erinnerung, die etwas ins perfekte Licht rückt, das in Wahrheit viel mühsamer war. Tatsache ist, dass sie sich seit jenem Tag regelmäßig trafen. Meine Mutter zog ihn so manch anderen Verehrern aus dem Tal vor, und mein Vater gab seine gelegentlichen Liebeleien auf. Es war eine einfache, aufrichtige Liebe, bestehend aus kleinen Dingen: sich mit Freunden treffen, Samstagabend im einzigen Lokal der Gegend tanzen gehen, Wanderungen durch den Wald, bei Sonnenuntergang Liebe machen auf den Wiesen hinter den Heugarben, kichernd und versteckt vor den Bauern, die mit der Heuernte beschäftigt waren.

Es war eine schöne Zeit. Dann kam die Hochzeit, meine Mutter trug einen blauen Rock und eine weiße Bluse, mein Vater Schlaghosen und ein unsägliches Hemd. Die kleine Dorfkirche in den Bergen summte wie ein Bienenstock, mit von der Partie waren Verwandte und nahe Freunde, der Kirchplatz voll von verstreutem Reis und schallendem Gelächter. Ich habe mir die Fotos unzählige Male angesehen: Frauen in hellen Kleidern, Männer mit haarsträubenden Krawatten, Kinder, die aus dem Bild rennen – nur ein Arm oder ein verschwommenes Profil für immer im Bild verewigt.

Ein paar Jahre später kam ich dann zur Welt. Es hatte lange gedauert, bis es klappte, meine Mutter fürchtete schon die absurde Vorstellung von der unfruchtbaren Hebamme, von einem Schicksal, das dem größten Wunsch einen Strich durch die Rechnung macht. Aber dann, siehe da, der positive Test und der Bauch, der neues Leben in sich trug und immer dicker wurde.

Die Geburt war schwierig, darauf folgte eine Infektion, sodass meine Mutter keine weiteren Kinder mehr bekommen konnte.

«Du bist ein Geschenk, dich geben wir nicht mehr her!»

Dabei drückte sie mich an ihre Brust mit ihrer zupackenden Art, die sie unbesiegbar erscheinen ließ.

Selbst jetzt steht sie vor mir, unerschütterlich, soweit das in ihrem Zustand überhaupt möglich ist. Selbst jetzt, während ich ihr beim Haarewaschen helfe, erzähle ich ihr von mir und meinen Zukunftsplänen, als hätten wir beide uns auf einen Kaffee verabredet. Und als entspräche ein Wort davon der Wahrheit.

So vergeht der Nachmittag, und auch der Abend, und auch die folgenden fünf Tage vergehen so. In diesem kleinen Zimmer verbringen mein Vater und ich so viel Zeit wie möglich mit Agnese, von morgens, wenn das medizinische Hilfspersonal seine Arbeit verrichtet hat, bis abends, kurz bevor das Licht ausgeht.

In so einem Krankenhaus werden die kleinen täglichen Rituale gepflegt, sie geben Halt und laufen immer gleich ab wie bei einer Zeremonie: frühmorgens weit aufgerissene Fenster, frische Bettwäsche, Blutdruck und Fieber messen, widerwillig Medikamente einnehmen, dann Besuche, fades Essen, die Visite am Abend und schließlich das endgültige Klicken des Lichtschalters, um das Ende des Tages zu besiegeln.

Sogar auf einer Station, über der der Hauch des Todes weht, klammert man sich an das Leben durch die Wiederholung kleiner, immer gleicher Gesten.

Am fünften Tag reise ich ab, weniger aus eigener Überzeugung, sondern auf Anraten meines Vaters hin. «Wer weiß, wie lange das noch so bleibt, ohne dass sich ihr Zustand verbessert oder verschlechtert. Du musst auch an dich denken, an deine Arbeit, in diesen Zeiten weiß man nie ... Außerdem, wie sollen wir das deiner Mutter erklären, wenn du so lange bleibst?»

Ich reise in der Früh ab, drücke meiner Mutter noch einen letzten Kuss auf dieses Gesicht, das keine Schattenseiten kennt. Sie sagt: «Eigentlich möchte ich dich gar nicht gehen lassen, meine Kleine!» Ihre Stimme ist ein fast unhörbares Flüstern.

Könnte die Zukunft mich anrufen, würde sie mir sagen, dass diese Worte eine so tiefe Furche in die Gedanken meiner schlaflosen Nächte reißen werden, dass nichts, aber auch gar nichts, sie jemals wieder schließen kann.

4

Ist es Zufall? Niemals

Als ich wieder im Zug sitze, blicken die Augen aus dem Fenster und füllen sich mit Bildern, die keine Bedeutung haben. Gedankenversunken malträtiere ich meine Fingerknöchel, als wäre es ihre Schuld. Dann fällt mir wieder ein, dass mir zu Hause in meinem Zimmer ein Brief von Mama in die Hände gefallen ist, den sie wenige Stunden nach meiner Geburt geschrieben hatte. Sie gab ihn mir zu meinem sechzehnten Geburtstag.

Jetzt liegt er zwischen den Seiten des Buches, das ich gerade lese. Da sind sie, zwei vergilbte Blätter, die vor dreiunddreißig Jahren aus irgendeinem Notizheft herausgerissen worden waren. Ich beschließe, ihn jetzt nicht zu lesen, das ist nicht der richtige Moment, ich muss ihn wieder zusammenfalten und zurückstecken, zu dem unnützen Kram, den ich mit mir herumschleppe, ich muss ihn verstecken zwischen den Dingen, an die ich nicht denken möchte. Doch Hände und Augen wollen nicht gehorchen, und schließlich folge ich Wort für Wort dieser gleichmäßigen Schrift, der man die Spuren der anstrengenden Geburt kaum ansieht.

Liebe Anita,

du liegst in der Wiege neben meinem Bett. Ich habe dich eben gestillt, und jetzt höre ich, wie du im Schlaf leise atmest. Wenn du wüsstest, wie sehr mich dein Atmen beruhigt.
Die letzten Tage waren sehr anstrengend, ein Auf und Ab der Gefühle. Die Schmerzen der Wehen, der beschwerliche Kampf und dann unser wunderbarer Sieg zugunsten des Lebens.
Du bist so winzig, wirkst so zerbrechlich, und schon jetzt trägst du, meine Kleine, alles Wertvolle dieser Welt in dir. Deine lebhaften, frechen Augen, deine kleine Himmelfahrtsnase, dein rosarot glänzender Mund. Die Grimassen, die du schneidest – ich könnte dich ewig anschauen. Du bist so weich, und wenn ich dich auf dem Arm habe, fällt jede Anspannung von mir ab, wenn du auf meinem Bauch schläfst, verschwinden alle Ängste, und ich komme zur Ruhe. Dann öffnest du deine Äuglein, sie sind noch immer nachthimmelblau und haben nur eine Ahnung von dieser Welt.
Ich habe befürchtet, ich könnte dich nicht sofort lieben, aber als sie dich dann auf meine Brust gelegt haben, habe ich sofort gespürt, dass du mir gehörst, dass ohne dich nichts mehr einen Sinn hätte. Schon jetzt ist meine Liebe absolut, ich hätte das nie für möglich gehalten.

Ich liebe deine Haut und deinen Geruch nach Puder, ich liebe es, wie du meiner Stimme lauschst und wie du meinen Finger mit deiner kleinen Hand umklammerst. Weißt du was, meine Kleine? Ich möchte, dass du schnell heranwächst, dass du stark wirst, gleichzeitig möchte ich, dass du ewig so winzig bleibst, ein kleiner Krümel, Teil von mir, den ich in meine Arme schließen kann. Der Gedanke, dass ich dich eines Tages in die Welt entlassen muss, bedrückt mich, dass du ein eigenes Leben führen wirst.
Ich wünschte, ich könnte dir alles Leid ersparen, alle Tränen, die Bauchschmerzen, Zahnschmerzen, überhaupt alle Schmerzen, die dir das Leben irgendwann noch bescheren wird. Wie sehr ich mir das wünsche!
Aber ich weiß, um erwachsen zu werden, muss man einen Weg beschreiten, der nicht immer gerade verläuft. Dein Vater und ich haben dich in diese merkwürdige Welt geholt, und wir werden alles tun, um dir ein schönes Leben zu ermöglichen.
Deine Reise hat eben erst begonnen. Ich hoffe, sie wird aufregend sein, voller Abenteuer, voller Geschichten, mit viel Schnee und viel Sonnenschein. Voller Liebe und mutiger Entscheidungen. Damit du eines Tages eine strahlend schöne Frau sein wirst, die auf eigenen Füßen fest im Leben steht.
Aber die wichtigsten Reisen spielen sich in unseren Herzen ab. Spüre, wann dich das Leben ruft, und lebe es, als wäre jeder Tag ein Geschenk, das du freudig annimmst, auch wenn du im Regen stehst.

Was auch passieren wird, ich liebe dich und bin für immer deine Mama.
Ich wünsche dir ein schönes Leben voller Abenteuer. Für uns beide.

Agnese

Ich rühre mich nicht, der Brief liegt in meinem Schoß, eine eisige Böe durchfährt mich, mein Magen verkrampft. Da sind keine Tränen, die mich trösten könnten.

Und dann passiert es. «Hier, bitte ...» Ich hebe den Kopf und sehe einen jungen Mann, der mir gegenübersitzt. Vermutlich hat er das Abteil betreten, als ich den Brief las, ich habe ihn gar nicht bemerkt. Er hält mein blau-violettes Lesezeichen in der Hand, auf dem steht *Wer liebt, liest*, es muss aus meinem Buch gerutscht sein.

«Danke ...» Ich strecke meine Hand aus.

«Ist alles in Ordnung?», fragt er und sieht mich dabei ernst an. Er dürfte ungefähr in meinem Alter sein, zwischen seinen Augen ist eine tiefe Falte, ein klarer Schnitt, der gut zu seinem tiefgründigen, rätselhaften Blick passt. Er hat schmale Hände, die Adern zeichnen sich unter der olivfarbenen Haut ab, sein dunkles, feines Haar ist zerzaust.

«Ja, mir geht's gut, danke, alles bestens.» Ich versuche, einem drohenden Gespräch auszuweichen. Trotzdem hält mich etwas davon ab, noch immer erkunde ich wie magnetisiert sein Gesicht.

«Sieht aber nicht so aus, du bist ganz blass.» Anscheinend will auch er meinen Blick nicht loslassen. Er streckt mir ein Pfefferminzbonbon hin und schenkt mir ein schräges, verlegenes Lächeln.

Ich könnte seine ausgestreckte Hand jetzt einfach ignorieren und mich wegdrehen. Könnte zu meinen düsteren Gedanken zurückkehren und diesen Unbekannten zu all den Gesichtern stecken, an die ich mich beim nächsten Halt schon nicht mehr erinnern werde. Stattdessen bleibt mein Blick an dieser Hand hängen, an diesen weißen, leicht schiefen Zähnen, an seinem frischen Geruch nach Minze und Tabak.

Vielleicht ist das Gedankenwirrwarr, das schon auf der Lauer liegt, zu trostlos, vielleicht hat der Mann mit dem Bonbon ein Gesicht, das von ganz anderen Dingen erzählt, von etwas Vertrautem, das mir guttut. Vielleicht ist es aber auch nur das dringende Bedürfnis, mich von mir selbst abzulenken.

«Was schreibst du da?» Die Frage kommt ganz von allein, während ich seinen Kugelschreiber und den Notizblock betrachte.

«Geschichten. Für Kinder.» Ich muss ihn wohl ziemlich verdutzt angesehen haben. «Das ist mein Beruf. Teilweise. Vor allem ist es das, was mir Spaß macht. Deswegen habe ich dich auch gefragt, ob alles in Ordnung ist, weil ich am Blick eines Kindes immer sehe, wenn es sich im Bann einer Hexe befindet.»

Ich lache. Das erste Mal nach vielen, vielen Tagen.

«Ich wüsste zu gern, wie man sich aus diesem Bann befreien kann. Ich bin übrigens Anita.»

«Ich heiße Arun.» Dabei wird er ernst, als hätte ich ihm eine Frage gestellt, auf die es keine Antwort gibt. «Es gibt immer einen Weg zurück, wenn man verhext wurde. Aber manchmal muss man dafür etwas zurücklassen.»

Er bemerkt meine Verwunderung, ein flüchtiger Schatten verschwindet aus seinem Gesicht. Dann erkundigt er sich nach meinem Beruf, sagt, dass auch er in der Nähe von Turin wohnt, dass er aber oft im Trentino ist, weil er dort an einem Projekt arbeitet.

Und plötzlich nimmt ein Gespräch mit einem unbekannten Reisenden auf der Strecke Mailand–Turin seinen Lauf, es verselbständigt sich, und ohne es zu merken, erreichst du dann genau den Knoten, der dir die Kehle zuschnürt und den du auf Teufel komm raus verbergen wolltest. Und ohne zu wissen, warum, offenbarst du diesen fremden Augen deine verletzliche Seele, du entblößt dich, ganz und gar.

Er hört einfach nur zu und kümmert sich nicht um die Blicke der Mitreisenden, einer betagten, noch immer jugendlich wirkenden Nonne und einem jungen Pärchen, das selbst in ein Gespräch vertieft ist. Dann taucht unvermittelt der nächste Bahnhof auf in diesem Meer von Wörtern – die zwei Segler sind vom Kurs abgekommen.

Er blickt aus dem Fenster, erkennt seine Station und greift nach seiner Jacke. «Entschuldige, Anita, ich muss aussteigen.» Und plötzlich ist er weg, so wie er vor wenigen Stunden plötzlich da war. Doch auf dem Sitz liegt ein Notizbuch, es muss ihm aus der Tasche gefallen sein. Ich nehme es und denke mir: Seltsam, ein Kinderbuchautor müsste doch wissen, dass Aschenputtel seinen Schuh verliert, und nicht der Prinz. Ich stecke das Notizbuch ein, wundere mich gleichzeitig über meine seltsamen Gedanken und sehe auf die Uhr – bald muss ich auch aussteigen.

Könnte die Zukunft mich anrufen, würde sie mir erzählen, dass das Leben sehr raffiniert darin ist, Ereignisse und Schicksale miteinander zu verweben. Und sie würde mir raten, nicht an Zufälle zu glauben. Niemals.

5

Der ohrenbetäubende Lärm der Leere

In Turin wartet Tancredi auf mich. Ich freue mich, ihn zu sehen. Im Zug habe ich noch mit ihm telefoniert, er meinte, er wisse nicht, ob er es rechtzeitig zum Bahnhof schaffe. Aber jetzt ist er da und steht auf dem Bahnsteig – endlich mal eine nette Überraschung. Ich gehe ihm entgegen, müde, aber glücklich, weil meine finsteren Gedanken heute Abend nicht immer um meine Mutter kreisen müssen. Ich umarme ihn, und wir gehen zu mir.

Alice ist nicht da, sie ist auf Tournee, aber der Kühlschrank ist voll mit Dingen, die ich gerne esse, und auf dem Tisch liegt ein Zettel.

Ich bin leider nicht da, aber hier warten lauter warme Gedanken auf dich. Willkommen zu Hause, Süße.

Alice und ihre rührende Fürsorge ...

Ich setze die Pasta auf. Dann erzähle ich Tancredi,

wie es meiner Mutter gesundheitlich geht und wie anstrengend die letzten Tage waren. Die Worte kommen nur mühsam, dazwischen liegt immer wieder längeres Schweigen. Dann gieße ich schweigend die Nudeln ab, schneide etwas Brot auf und decke den Tisch. Im Grunde weiß ich nicht so recht, was ich sagen soll.

Tancredi hört mir zu, auf seine etwas väterliche Art, so, als müsse er einem kleinen Mädchen seine Ängste nehmen. Ich frage mich, ob er glaubt, was ich ihm da erzähle, ob er denkt, dass ich übertreibe, oder ob das ganz einfach seine Art ist, mit fremden Gefühlen umzugehen – er verändert sie einfach. Und plötzlich wird das Bett meiner Mutter in ein hoffnungsfrohes rötliches Licht getaucht, ihre Wangen werden rosig, die Blumen leuchten in kräftigen Farben. Davon würde er mich zumindest gerne überzeugen, mit zweifelhaftem Erfolg.

Wir setzen uns und beginnen zu essen, er ist schon wieder bei einem ganz anderen Thema. Er erzählt von seinem Projekt, das bestimmt sein Leben verändern wird, weil er den Durchbruch zum großen Fotoreporter schaffen wird. Ich höre mir seine großartigen Pläne an, höre, dass er die Welt bereisen wird, dass er durch den Verkauf seiner Fotos reich werden wird, aber es interessiert mich ungefähr so brennend wie eine Dokumentation über Faultiere.

Trotzdem bin ich dankbar für seine Stimme, die das Ticken der Pendeluhr übertönt, und für seinen Körper, der verhindert, dass ich den ohrenbetäubenden Lärm der

Leere hören muss. Ich frage ihn, ob er über Nacht bleibt. «Bitte, Trancredi, ich möchte heute nicht allein sein.»

Darauf er: «*Amore*, versteh mich doch, ich konnte mich für ein paar Stunden von der Arbeit loseisen, aber jetzt muss ich los, Marco wartet auf mich. Es geht wirklich nicht, morgen früh treffen wir uns mit Baruzzi, aber wir sind noch nicht fertig, nicht dass er noch abspringt, du weißt doch, wie viel mir das Projekt bedeutet. Aber morgen Abend komme ich zu dir, so früh wie möglich ...»

An mehr erinnere ich mich nicht, nach «*Amore*» habe ich mich ausgeklinkt – so beginnt er seine Sätze immer, wenn die Antwort nein ist.

Es folgt eine weitere nervige halbe Stunde mit leerem Gewäsch, dann bringe ich ihn zur Tür. *Ja, okay, frohes Schaffen, genau, bis morgen. Nein, ich bin nicht sauer, wirklich nicht, gute Nacht.*

Als ich im Bett liege, wandern meine Gedanken wieder zu meiner Mutter, wie sie im Halbdunkel auf dem Laken mit dem grauen Aufnäher *Krankenhaus Rovereto* liegt. Dann wandern sie weiter, in keiner bestimmten Reihenfolge: zu meinem Job, mit dem ich mich zwar über Wasser halten kann, der aber gleichzeitig meine bescheidenen Träume von Tag zu Tag noch weiter schrumpfen lässt. Und dann diese verblassende Liebe voller Fragezeichen, die sich wie Abgründe vor meinen Füßen auftun.

Um nicht abzustürzen, sage ich mir, das passiert doch in jeder längeren Beziehung, es wäre naiv zu glauben, dass die Leidenschaft den Alltagstrott überleben könnte. Schon seit längerem ist immer mal wieder von Heiraten die Rede – da kann ich jetzt wohl schlecht einen Rückzieher machen.

Ehrlich gesagt, war er es bisher, der sich zögerlich gab. Natürlich bin ich die Frau seines Lebens, davon ist er überzeugt. So wie er auch davon überzeugt ist, dass wir schon bald mit den Hochzeitsvorbereitungen beginnen werden. Es ist nur ... er möchte *zuerst noch dieses Projekt in trockene Tücher bringen*, möchte *beruflich richtig Fuß fassen, sich verwirklichen* ... Das sagt er jedes Mal, wenn es ums Heiraten geht. Aber wir stehen kurz davor, ich spüre es. Außerdem träume ich schon so lange davon, eine Braut zu sein, von einem weißen Kleid, den Rosen in der Kirche, davon, dass er mich ganz hingerissen ansieht, während ich sage: *Ja, ich will.* Denn genau das will ich, und die Zweifel, die ein wenig an mir nagen, sind einfach nur entstanden, weil ich es leid bin zu warten.

Ich stehe auf und setze mich an den Computer. Wie so oft in letzter Zeit, schreibe ich meiner Mutter eine E-Mail, weil ich weiß, das ist wie eine Sauerstoffkur für sie – das sagt zumindest mein Vater. Ich stelle mir vor, wie er auf dem unbequemen Stuhl sitzt, die Brille auf der Nase und das Handy unbeholfen in Händen, und Agnese die Nachricht vorliest.

Bevor ich lostippe, überlege ich, ob man jemanden, der einen liebt, so sehr belügen darf. Die Antwort lautet: Ja.

Turin, 26. Januar 2014

Hallo, Mama,
ich bin eben erst nach Hause gekommen, aber weil ich sowieso nicht schlafen kann, dachte ich, ich könnte dir ja noch einen Gute-Nacht-Gruß schreiben. Außerdem möchte ich Tancredi nicht wecken, er schläft nebenan. Er ist so fürsorglich, weißt du, deswegen wollte er mich heute Nacht auch nicht allein lassen, obwohl er morgen sehr früh aufstehen muss, weil er und Marco, sein Kollege, einen wichtigen Termin haben. Er hat sich nach dir erkundigt und freut sich schon sehr darauf, dich zu besuchen. Dann kann er dir auch gleich von unseren Plänen erzählen. Wir würden uns total freuen, wenn du uns bei den Hochzeitsvorbereitungen unter die Arme greifen würdest, Mama! Du weißt ja, wie chaotisch deine Tochter ist. Gut möglich, dass ich es nicht mal schaffe, alle mit einem Glas Sekt zu versorgen. Du musst also schnell wieder auf die Beine kommen, wir brauchen dich nämlich.
Als du mich gefragt hast, habe ich dir ja auch schon gesagt, dass wir bald mit der Kinderplanung loslegen wollen, und ein Kind braucht nun mal seine Großeltern. Am besten wäre, wenn du dann mit Papa nach Turin kommen würdest, zumindest die erste Zeit. Wer weiß, vielleicht verliebt ihr euch ja sogar in diese «Metropole» und wollt hierherziehen, was meinst du?

Also, werd schnell wieder gesund! Weißt du noch, was du immer zu mir gesagt hast, wenn ich mit einer üblen Grippe auf dem Sofa lag? Du hast gesagt: «Werd schnell wieder gesund, meine Kleine, Mama braucht dein Lächeln.»
Jetzt bin ich es, die deine gute Laune braucht, deine Energie. Mehr als alles andere.
Ich gehe jetzt auch schlafen, morgen wird ein anstrengender Tag, wie immer. Das ist der Preis, wenn man Karriere machen will!!! Ich hoffe, dass du ein wenig stolz auf mich bist. Und dass du heute Nacht von deinen Enkelkindern träumst, denn die werden kommen, wirst schon sehen!!!
Das erste wird ein wunderhübsches Mädchen sein, und sie wird deine Augen haben!
Kuss auch an Papa.
Ich denke an euch,

Anita

Während ich auf *Senden* klicke, frage ich mich, ob die unzähligen Ausrufezeichen diesen Lügentanz nicht am Ende entlarven.

6

Morgensonne

Am nächsten Morgen bin ich etwas gerädert, ich habe ziemlich unruhig geschlafen.

Es dauert ein wenig, bis ich meine Gedanken sortiert habe. Da fällt mir das Notizbuch wieder ein, das ich im Zug in meine Tasche gesteckt habe. Ich schlage es auf: *Arun Agostini*, gefolgt von einer Handynummer. Ich blättere ein wenig darin, hin und her gerissen zwischen Neugier und Skrupeln. Ein paar notierte Termine stehen darin, dann Zitate von weiß Gott wem, eilig niedergeschriebene Sätze, wahrscheinlich Ideen für seine Geschichten.

Ich wähle seine Nummer. Es ist zwar noch nicht mal acht, aber aus irgendeinem Grund halte ich ihn für einen Frühaufsteher.

Beim zweiten Klingeln nimmt er ab: «Anita, hast du das Notizbuch gefunden?»

Leicht verdutzt darüber, dass er meinen Namen nennt, bringe ich stammelnd hervor: «Woher weißt du, dass ich es bin?»

«Gleich beim Aussteigen habe ich gemerkt, dass ich es

vergessen habe, aber ich dachte, bestimmt steckt sie es ein. Jetzt sehe ich die unbekannte Nummer auf meinem Handy und liege richtig mit meiner Vermutung.» Könnte ein Lächeln ein Geräusch von sich geben, würde ich es jetzt bestimmt durch die Leitung hören.

Ich weiß nicht, warum, aber sein lockerer Ton steckt mich an, und so schlage ich ihm ein Treffen vor. «Was hältst du davon, wenn wir uns treffen, dann kann ich dir dein Notizbuch zurückgeben?»

Wir verabreden uns für den späten Nachmittag, gleich nach der Arbeit.

Ein paar Stunden später verlasse ich die Agentur und steuere auf den Trödelmarkt zu. Bevor ich zu unserem Treffpunkt gehe, sehe ich mir noch die Stände an, die nur so überquellen mit unnützen Dingen. Ich habe es schon immer geliebt, mich in all dem Ramsch zu verlieren.

Dann betrete ich das Café, es wirkt sehr gemütlich mit den Holzmöbeln und dem Ziegelgewölbe. Auf dem Tresen steht ein Teller hartgekochter Eier – hier im Piemont isst man sie zum Aperitif. Arun ist schon da, vor sich auf dem Tisch eine Tasse Kaffee und das unvermeidliche Heft für Notizen. So vertieft ins Schreiben wirkt er ganz anders als gestern. Das Haar ist noch zerzauster, eigentlich sieht er ganz gut aus mit dem dicken Wollpullover und der leicht zerschlissenen Jeans, mit diesen Augen, deren Farbe man nicht bestimmen kann – ein Blätterwirbel im plötzlich aufkommenden Wind –, und dieser leicht bizarren Ausstrahlung, als wäre er nicht von dieser Welt.

Einen Moment lang betrachtet er mich, aber er scheint mich gar nicht zu sehen, als bräuchte er noch Zeit, um aus seiner Welt aufzutauchen.

«Anita ...» Seine Augen lächeln, sein innerer Sturm hat sich wohl gelegt. Ich setze mich neben ihn und bestelle einen Kaffee, es ist mir egal, wenn ich heute nicht einschlafen kann.

«Wie geht's deiner Mutter?» Ich habe noch nicht mal richtig Platz genommen, und er stellt mir schon diese Frage und überspringt damit sämtliche Höflichkeitsfloskeln, die ein Mensch normalerweise gebrauchen würde, den man erst einen Tag zuvor kennengelernt hat. Ich sage, dass ich vor ein paar Stunden mit ihr gesprochen habe und dass es nichts Neues gibt.

Jetzt bin ich es, die die üblichen Anstandsregeln missachtet: «Du hast einen ausländischen Namen, sprichst aber perfekt italienisch.»

«Ich lebe in Italien, seit ich vier bin. Aber meine Mutter kam aus Kambodscha.»

«Lebt sie nicht mehr?»

«Nein, ich bin Waise.»

Dieser Mann hat sich gestern im Zug meine Geschichte angehört, ohne ein Wort zu sagen, ich konnte meinen ganzen Schmerz vor ihm ausbreiten, ohne dass er seinen eigenen erwähnt hätte. Ohne sich etwas anmerken zu lassen, ohne zu denken: *Wenn du wüsstest, was* ich *durchgemacht habe.*

«Tut mir leid, dass ich gestern so viel geredet habe ... Jetzt erzähl mir von dir, von deinem Leben.»

«Besser nicht. Du hast schon genug mit dir zu tun. Es ist eine lange Geschichte. Keine lustige ...»

«Bitte, Arun. Ich möchte an etwas anderes denken als an meine Mutter in diesem verdammten Krankenbett.» Und das meine ich ernst.

Arun holt tief Luft, als müsste er von einem Felsen springen, der ihm zu hoch ist. Dann beginnt er zu sprechen. Als würde es sich um eines der Märchen handeln, die er auswendig kennt und wo kein Platz für Improvisation ist.

«Die Geschichte beginnt mit meinem Vater Fulvio Agostini, der aus Trient stammte, jung, rastlos, wissensdurstig. Ein angehender Journalist, der davon träumte, die Welt zu verändern. Ende der sechziger Jahre lebte er in Paris und schrieb für eine französische Tageszeitung. Er machte sich allmählich einen Namen, gleichzeitig wuchs sein Interesse für Indochina, vor allem für die Situation in Kambodscha. So schlug er seinem Chef vor, ihn für ein paar Monate in dieses Land zu schicken, um Material für eine Reportage zu sammeln. Eines schönen Sommermorgens ging es los, mit einem One-Way-Ticket und nur dem Nötigsten in der Tasche, ein paar Büchern und einem Notizbuch. Als er in der Hauptstadt Phnom Penh landete, wo die Straßen so schön nach Palisander dufteten, hatte er das Gefühl, auf dem Mond gelandet zu sein. Das Kambodscha jener Jahre war ein sehr träges Land, feucht und warm, ein Aquarell mit Lotosblüten und hochbeinigen Pfahlbauten, versinkend im Schlamm.

Er bereiste das Land, sein Basislager war allerdings die Hauptstadt. Während einer seiner Reisen in die umliegenden Dörfer lernte er schließlich Molyda kennen, eine Bäuerin mit breiten Hüften und unendlich tiefgründigen Augen. Er verliebte sich unsterblich in sie und wusste, er würde nicht mehr nach Italien zurückkehren.

«Möchtest du etwas trinken, Anita? Ich bestelle mir ein Glas Wein.»

«Ja, danke, für mich auch einen – rot.» Und während ich kurz darauf mein Glas Grignolino trinke, fährt Arun mit seiner Geschichte fort.

«Fulvio schrieb in sein Notizheft, dass Molyda ein dunkler, wunderschöner Engel war. Sie habe schwielige Hände, Wurzeln so fest wie Unkraut und die Seele eines Matrosen, der zum Segeln nur seine Phantasie brauche. Er schrieb: ‹Mein glückliches Los ist es, jeden Morgen neben einem schwarzen Engel aufzuwachen, der sich von seinen Flügeln durch die Lüfte tragen lässt.›

Vier Jahre lebten sie zusammen, viel Geld hatten sie nicht, dafür das Dröhnen der amerikanischen B-52-Bomber über ihren Köpfen. Mit dem Jahr 1974 kam auch der Hunger. Die politische Lage wurde immer schwieriger, und Molyda war schwanger.

Die Wehen dauerten die ganze Nacht an, im Morgengrauen kam ich dann schließlich zur Welt, zu Hause, ein pulsierendes Bündel Leben. Molyda nannte mich Arun, das heißt *Licht des Morgens*.

Es war der 16. April 1975. Am 17. April wurde Phnom Penh von der Roten Khmer eingenommen. Die Bevölkerung wurde evakuiert. Von da an sind die Informationen über meine Familie konfus, ihr Schicksal verknüpft sich mit einem der scheußlichsten und grausamsten Genozide der neuesten Geschichte. In diesen Zeiten ein Kind in die Welt zu setzen, grenzte an Wahnsinn. Nur jemand mit einem stark ausgeprägten Überlebenswillen konnte so etwas tun.»

Es durchfährt mich kalt. Das heißt, kalt ist der falsche Ausdruck, mich durchfährt ein Schauer. Reflexartig umfasse ich meine Schultern. Mein Glas ist leer, schnell rufe ich nach dem Kellner, die Unterbrechung soll so kurz wie möglich sein. «Noch zwei, bitte.» Ich suche Aruns Blick, um herauszufinden, ob er überhaupt noch weitererzählen kann. Er kann.

«Auf Fulvio und andere westliche Journalisten wurde Druck ausgeübt, damit sie in ihre Heimatländer zurückkehrten. Er weigerte sich, aber als er merkte, dass seine Beziehungen ihn nicht länger schützen konnten, beschloss er, dass sie sich für einige Zeit von ihrem Kind trennen mussten. Das war im Oktober 1978. Ich wurde einem Freund von Fulvio anvertraut, einem chinesischen Diplomaten, dessen Abreise nach Frankreich kurz bevorstand. Zu jener Zeit war das eine echte Herausforderung. Meine Eltern sagten zu mir, ich müsse für ein paar Wochen zu einer Tante nach Italien gehen, sie würden dann bald nachkommen. Aber darauf fiel ich nicht herein – Kinder merken alles, schon lange bevor ihnen das Leben die Bestätigung für ihre Vermutungen liefert. Als an jenem Tag das Flugzeug abhob, saß Molyda zusammengekauert da, und während sie den Himmel betrachtete, wurde ihr klar, dass ihre Phantasiereisen vorbei waren, für immer. Aus dem prächtigen schwarzen Engel war ein nasser Vogel mit zerfetztem Federkleid geworden.

Die Dinge verliefen aber nicht nach Plan. Anstatt zu Tante Milva, Fulvios Schwester, kam ich für vier Jahre in ein Waisenhaus in Riva del Garda. Erst nach dieser Zeit durften Milva und ihr Mann mich adoptieren. Meine Eltern habe ich nie wiedergesehen.»

Als Arun zu Ende erzählt hat, ist es draußen stockdunkel, auf dem Tisch stehen vier leere Weingläser, und ich bin völlig geplättet von dieser unfassbaren Geschichte – und beschämt darüber, weil ich über dieses Blutbad, das noch gar nicht so lange zurückliegt, praktisch nichts weiß.

«Erinnerst du dich noch an die ersten drei Jahre, an deine Mutter, an deinen Vater?»

«Ich habe praktisch alles aus meinem Gedächtnis gelöscht. Bei meiner Mutter erinnere ich mich noch an die hervorstehenden Knochen, wenn ich nachts auf ihrer Brust schlafen durfte. Ich erinnere mich auch noch an ihren grenzenlosen Enthusiasmus, wenn sie sich ausmalte, was wir alles machen würden, wenn wir wieder alle zusammen wären. Es waren lauter tolle Dinge, wie man sie sich für eine glückliche Familie vorstellt. Oder für eine normale Familie. Ich erinnere mich auch an ihren Mund, so wie er auch auf dem einzigen Foto, das ich von ihr habe, zu sehen ist – rot wie Himbeermarmelade. Von meinem Vater habe ich kein Foto, aber ich blättere häufig in seinen Heften, in die er sich Notizen für seine Artikel machte.»

«Und die Jahre im Waisenhaus? Kannst du dich an die erinnern?»

«Ich erinnere mich an die Angst vor der Einsamkeit. Das Problem war also gar nicht mal die Einsamkeit selbst. Ich erinnere mich, wie ich mir Märchen ausdachte, um vor meinen eigenen Schreckgespenstern zu fliehen. Tagsüber ließ ich irgendwelche Helden und Feen entstehen, die uns retteten, sie gaben mir Hoffnung, zu ihnen flüchtete ich mich. Abends, wenn das Licht gelöscht wurde, erzählte ich den anderen Kindern von diesen Zauberorten. Dort konnten wir Zuflucht finden.»

«Ich würde dir gerne sagen, dass es mir leidtut, aber es kommt mir so dumm vor. Ich verstehe gar nicht, wie du mit alldem klarkommen konntest.»

«Ich weiß nicht, ob ich so richtig damit klarkomme, ob ich einen Sinn darin erkennen kann. Aber wie ich gestern schon sagte, glaube ich, dass es immer eine Möglichkeit gibt, um sich aus einem Bann zu befreien. Dafür muss man allerdings etwas opfern. Ich habe meine Kindheit geopfert, meine Familie. Aber das Schreiben hat mich gerettet, das habe ich von meinem Vater geerbt. Ich habe Lust zu leben wie andere Menschen auch, ich möchte ganz viel ausprobieren und denke an die unendlich vielen Dinge, die man tun kann – sonntags ans Meer fahren und das Wasser betrachten, Freunde zum Essen einladen. Alltägliche Dinge, wie sie meine Mutter mir damals so lebendig ausmalte, dass ich darüber sogar den Hunger vergaß.»

Als wir gehen, fühle ich mich total benommen, wie überfahren von einem Wirbelsturm, der mir um die Ohren pfeift und dem ich hilflos ausgeliefert bin. Wir verabschieden uns vor der Bar, die schon am Schließen ist. Arun fragt mich nach meiner Nummer, ich schreibe sie ihm in sein Notizbuch.

Auf dem Nachhauseweg muss ich ständig an seine Geschichte denken und an die Falte, die sich mit jedem Wort noch tiefer zwischen seine Augen grub. Ich empfinde regelrechten Schmerz bei dem Gedanken, was er alles durchgemacht haben muss.

Denn es gibt einen Schmerz, der so tief ist, dass allein die Vorstellung ausreicht, um ihn zu spüren.

Als ich meine Wohnung betrete, fällt mir auf, dass ich gar nicht mit Tancredi gesprochen habe. Er wollte doch heute vorbeikommen. Ich sehe auf mein Handy – zum ersten Mal, seit ich die Agentur verlassen habe – und lese eine SMS, die er vor ein paar Stunden geschrieben hat.

> Anita, ich muss heute Abend noch ziemlich lange arbeiten, tut mir leid. Ich bin bei Marco, ruf ruhig

an, wenn du mich brauchst. Ansonsten telefonieren wir auf jeden Fall morgen. Kuss!

Ich weiß nicht genau, ob ich erleichtert sein soll, weil er nicht bemerkt hat, dass ich unsere Verabredung komplett vergessen habe, oder traurig, weil die Kluft zwischen uns jeden Tag einen Millimeter größer wird. Seine Unfähigkeit, mir in einem Moment wie diesem nahe zu sein, verletzt mich.

Mir fällt wieder meine Vorstellung von Liebe ein – der Paartanz. Und ich frage mich, ob es nicht sein kann, dass Tancredi und ich schon seit längerem zwei verschiedenen Orchestern zuhören.

Aber im nächsten Moment werden die Gedanken von Mamas Bild verdrängt, von ihrem Gesicht, lächelnd, aber so bleich wie der Mond. Seit meinem letzten Besuch sind erst vier Tage vergangen, aber es kommt mir vor wie eine Ewigkeit. Und ich werde fast wahnsinnig, weil ich hin und her gerissen bin zwischen dem Wunsch, die Zeit möge schneller vergehen, um nicht mehr all die Stiche in meinem Herz zu spüren, und andererseits dem Bedürfnis, die Zeit anzuhalten, aus Angst, das, was noch da ist, für immer zu verlieren.

Da fällt mir Arun und seine Geschichte ein, seine Wunde wird nie verheilen. Ich überlege, welche Spuren der Schmerz bei ihm hinterlassen hat, welche er bei mir hinterlassen wird. Ich öffne das Fenster und spüre, dass die Kälte draußen noch extremer ist als die in meinem Herzen. Dann setze ich mich an den Computer.

Turin, 27. Januar 2014

Hallo, Mama,
wir haben erst vor ein paar Stunden miteinander telefoniert, aber die Gute-Nacht-Mails sind mir schon zur Gewohnheit geworden. Heute war es ziemlich anstrengend auf der Arbeit, aber du weißt ja, wie ich bin – wenn ich mich für etwas wirklich begeistere, gebe ich alles, und dann ist es auch nicht so schlimm, wenn andere Dinge auf der Strecke bleiben. Wir arbeiten gerade an ein paar interessanten Projekten, und mein Chef scheint zufrieden mit mir zu sein. Die Bezahlung ist zwar nach wie vor nicht gerade berauschend, aber in diesen Zeiten sollte man sich nicht beschweren.
Ich habe es dir vorhin am Telefon noch nicht gesagt, weil es noch nicht sicher war, aber wahrscheinlich komme ich dich nächste Woche wieder besuchen. Ich kann zwei Wochen bleiben, weil ich noch so viel Resturlaub habe, und diesen Sommer gibt es so viel zu tun, dass ich ihn jetzt nehmen sollte. Freust du dich?
Ich bin froh, dass du zur Zeit gut schläfst. Wirst schon sehen, jetzt, wo die Chemo unterbrochen wurde, kommst du schnell wieder zu Kräften, und schon bald kannst du wieder nach Hause. Und weißt du was, in ein paar Monaten schmilzt schon wieder der Schnee am Straßenrand, und die ersten Levkojen werden blühen. Ich weiß doch, wie sehr

du sie magst. Wir könnten dann ja einen Strauß pflücken und mit den Blüten die Eier färben, wie früher, als ich klein war. Dieses Jahr ist Ostern sowieso schon etwas früher, da müssen wir gut vorbereitet sein. Sobald es dir bessergeht, machen wir einen schönen Spaziergang in den Wald hinterm Haus oder zum Wasserfall und dem Ca' del Monegatto, da waren wir schon ewig nicht mehr, wir sollten unsere alten Gewohnheiten wieder aufnehmen!

Papa sagt, du redest nur noch von der Hochzeit, wahrscheinlich bist du noch mehr durch den Wind als ich ... Es gibt noch so viel zu organisieren, angefangen beim Kleid, ich hätte gerne etwas Schlichtes.

Ich weiß, du möchtest, dass wir in Obra heiraten, in der kleinen Kirche. Ich habe darüber nachgedacht, ich will es auch! Kannst du dann mit mir zum Pfarrer gehen, sobald es dir bessergeht, und mit ihm reden? Wenn ich allein zu diesem Griesgram gehe, bringt er es noch fertig und sagt nein. Dir dagegen würde er niemals eine Bitte ausschlagen.

Und danach setzen wir beide uns in den Hof und genießen die Sonne. Ich liebe das Morgenlicht, wenn sich die ersten Sonnenstrahlen flimmernd über das Tal ergießen und der Tau auf den Gräsern trocknet. Bei dem Licht haben deine Augen die Farbe von tiefem Wasser, das über den Geheimnissen des Meeres wacht. Und wenn wir über die Zukunft sprechen, kommt es mir vor, als würde ich sie zwischen dem Walnussbaum und dem Springbrunnen aufleuchten sehen.

Kuss, Mama, träum was Schönes.
Deine Anita

Man gewöhnt sich erstaunlich schnell an das Lügen, das wird mir gerade bewusst.

Und jetzt, da ich mich wie eine Schiffbrüchige fühle, deren Boot leckt, und das Meer vom Sturm aufgewühlt ist, wünschte ich, jemand könnte mir sagen, wie es mit mir und meinem Schicksal weitergeht. Ich versuche, an etwas zu denken, was mich beruhigt. Alles wird gut, Mama wird wieder gesund werden, bei meiner Hochzeit wird sie in der ersten Reihe sitzen und weinen wie alle Mütter dieser Welt, ihre Schminke wird verwischen, doch sie wird trotzdem schön sein.

Könnte die Zukunft mich anrufen, würde sie mir sagen, dass ein Teil von mir ganz genau weiß, was passieren wird. Es ist jener Teil, der immer zum Schweigen gebracht wird, bis die Zeit reif für ihn ist. Und auch die Wahrheit muss warten, bis sie an der Reihe ist.

7

Wie ein Lichtblitz des Lebens

Es ist noch früh am Morgen, aber ich bin schon in der Agentur. Das übliche Kommen und Gehen, der übliche Schreibkram. Schriftsteller auf der Suche nach einem Verleger, Geschichten auf der Suche nach einem Buch. Wörter, nichts als Wörter. Mein Leben besteht aus Wörtern, die es zu schleifen, zu verschönern, zu bändigen gilt.

Wir sind zu sechst in der Agentur, alle sind mehr oder weniger unzufrieden mit der Tatsache, hier zu sitzen. Die einen sind jetzt das Sprungbrett für die Träume anderer, obwohl sie einst selber davon träumten, Schriftsteller zu werden. Die anderen konnten nicht die erhoffte Karriere machen und müssen jetzt bei jeder lächerlichen Vertragsverlängerung vor Dankbarkeit auf die Knie fallen. Und wieder andere, wie ich, hatten sich einfach eine kreativere Arbeit erhofft. Stattdessen stellt man fest, dass sich der eigene Job gar nicht so sehr von anderen monotonen Arbeiten unterscheidet – eine Endlosschleife der immer gleichen Tätigkeiten, die im Grunde immer in der gleichen Reihenfolge ablaufen. Ich hatte gehofft, mich mit interessanteren Dingen zu beschäftigen, neue Erzählerstimmen zu entdecken, wunderbaren Geschichten dabei zu helfen, Flügel anzuziehen und davonzufliegen. Aber das Spannendste, was mir in letzter Zeit beim Korrekturlesen untergekommen ist, war ein Essay über die wirtschaftliche Dynamik des Geldes. Am liebsten würde ich meinen Chef bitten, mir etwas anzuvertrauen, was weniger trocken ist, aber ich habe Angst, er könnte mich für undankbar halten.

Außerdem ist die Lage auf dem Arbeitsmarkt so miserabel, dass man lieber seine Klappe hält, zumal man so zumindest über die Runden kommt, seine Miete, die Betriebskosten und die Einkäufe bezahlen kann.

Meine Kollegin neben mir ist mit Sicherheit die unkonzentrierteste von uns allen; allein wie sie permanent mit einem Stift an ihren roten Haaren herumspielt. Angela, *Engel*, macht ihrem Namen keine Ehre. Sie ist um die dreißig, läuft in Teenagerklamotten herum, hat knallrot lackierte Nägel und ist sicher kein Kind von Traurigkeit.

Gerade, als ich mich mit ihr unterhalte, klingelt mein Handy. «Entschuldige ...» Ich gehe hinaus, mein Herz fängt an zu rasen, wie so oft in letzter Zeit, sobald es klingelt.

«Ciao, Anita, ich bin's, Arun. Störe ich?» Meine Anspannung löst sich – na ja, teilweise.

«Arun, hallo, nein, du störst nicht. Ich bin in der Agentur, aber ein paar Minuten habe ich schon Zeit», meine ich lachend.

«Es geht ganz schnell. Ich wollte dich zu Cirque du Soleil einladen, heute Abend führen sie *Alegría* auf, hier in Turin, im Palasport.»

«Woher weißt du, dass ich Cirque du Soleil geradezu anbete?»

«Reine Intuition.»

Ich muss lachen. «Unglaublich! Allerdings müsste ich noch mit Tancredi sprechen, er wollte eigentlich heute Abend zum Essen kommen, und ...»

«Tancredi?»

Ich werde ziemlich verlegen, schließlich habe ich ihm gegenüber Tancredi noch nie erwähnt. «Er ist mein Freund», und es klingt, als wäre es das letzte Geständnis vor einem Exekutionskommando. Warum eigentlich? Aber dann antworte ich schnell, nicht dass er seine Einladung noch zurückzieht. «Also, ja ... klar bin ich dabei! Einen Abend mit Cirque du Soleil kann ich mir auf keinen Fall entgehen lassen.» Ich hoffe, er merkt, dass meine Begeisterung größer ist als meine Verlegenheit.

«Gut, dann brauche ich eigentlich nur noch deine Adresse, damit ich dich abholen kann. Die Aufführung beginnt um neun.» Ich meine eine leise Enttäuschung aus seiner Stimme herauszuhören und gebe ihm die Adresse.

Nachdem ich aufgelegt habe, frage ich mich, warum ich eigentlich ein schlechtes Gewissen habe, und wem gegenüber. Das wird nicht unbedingt besser, als ich

Tancredi anrufe und ihm sage, dass ich abends mit *einem Kollegen* im Palasport bin – wobei ich davon ausgehe, dass er niemals so viel Geld dafür ausgeben würde, um «Menschen zu sehen, die als Bär verkleidet von einem Trampolin zum nächsten hüpfen». Und ich behalte recht, er kann Cirque du Soleil nichts abgewinnen. Allerdings verstehe ich nicht, warum ich ihn angelogen habe, warum mir die Erwähnung *eines Kollegen* die perfekte Lösung zu sein schien. Es ist das erste Mal in dreizehn Jahren, dass ich ihm Mist erzähle.

Am Abend mache ich mich schick für das Treffen. Während ich die Stiefel aus dem Schuhschrank hole, die mit Absatz, die ich nicht zur Arbeit trage, beginnt mein Herz immer schneller zu schlagen, als hätte ich zu viel Kaffee getrunken oder wie kurz vor einem Hundert-Meter-Lauf.

Immer wieder renne ich zwischen Bad und Spiegel hin und her und lasse alle Fragen, die sich mir aufdrängen könnten, links liegen.

Auf einmal wird mir bewusst, wie lange ich schon nicht mehr *geatmet* habe. Seit der Krebsdiagnose meiner Mutter vor sechs Monaten ist es, als wäre mein Atem gelähmt, als wäre meine Haut aus Holz, unter der eine Schar Holzwürmer wütet, eine dünne, unpassierbare Barriere, die nichts durchlässt.

Habe ich es mir etwa nicht verdient, heute Abend Lidschatten und Mascara aufzutragen und ein Kleid anzuziehen, das schon so lange im hintersten Winkel des

Kleiderschrankes liegt? Heute Abend möchte ich alle Sorgen zu Hause lassen und nur eine leichte Handtasche mit etwas Schminkzeug und ein unbeschwertes Lächeln mit mir herumtragen.

Arun kommt pünktlich, er fährt ein dunkelblaues Käfer-Cabrio, das von außen gepflegt-sauber und von innen gepflegt-chaotisch aussieht. Er steigt aus, um mir die Tür aufzuhalten, er tut das auf seine ganz eigene Art, die weniger höflich als vielmehr herzlich wirkt. «Schön, dich zu sehen, Anita», sagt er, und seine Augen, die eigentlich keine definierbare Farbe haben, schimmern heute dunkelgelb.

Ich steige ein, das geblümte Kleid flattert unter meinem seidigen Mantel. Während der Fahrt sieht Arun mich aus den Augenwinkeln an und konzentriert sich nur mäßig auf die Straße, so, als interessierte sie ihn nicht sonderlich.

Meine Befangenheit verfliegt sofort, und als wir dann den Palasport betreten und uns auf unsere Plätze setzen, kommt es mir vor, als wären wir ein eingespieltes Paar. Wer käme schon auf die Idee, dass dies erst unser zweites Date ist!

Sich begegnen bedeutet manchmal – aber wirklich nur manchmal – sich erkennen.

Als die Vorstellung beginnt, folgt jeder schweigend seiner eigenen mentalen Akrobatik, als wären auch wir an irgendeinem Seil befestigt und schwirrten wie ein

Nachtfalter um eine einzige Lichtquelle. Ich betrachte die gespannten Körper in diesem fast unmenschlich anmutenden Kraftakt und ihre Gesichter, die trotz der Anstrengung lächeln. Das habe ich auch getan, im Krankenhaus, mit diesem wenig überzeugenden Lächeln, wo doch im Grunde jede einzelne Faser von mir damit beschäftigt war, nicht zu zerreißen.

Während dieser zwei Stunden kommt es mir so vor, als folgte alles einer geheimen Logik. Als befände ich mich auf einer Party, die nur für mich gegeben wurde. Als wäre die *Alegría*, die *Freude*, der Schlüssel zum Leben, ein Aufflackern der Seele, die mich wieder zu mir selbst führt, an einen Ort, der nur mir gehört. In diesem Moment wird alles wieder eins – mein freudloser Job, die Beziehung, die mein Herz nicht mehr berührt, sogar die Erkrankung meiner Mutter. All das fügt sich zu einem harmonischen Bild, das dort oben gezeichnet wird, zusammen mit dem Clown, der Schwung holt für den nächsten Sprung, um danach wieder Halt zu finden, sei es an der Hand eines anderen Akrobaten, sei es auf dem Trampolin. Und genau dieser Moment spiegelt meine Situation wider, da bin ich mir ganz sicher: der Augenblick, in dem du zum Sprung ansetzt und nicht weißt, wie er enden wird.

Denn das ist das Leben, das wird mir auf einmal klar: ein Seiltanz und der Versuch, dabei die Balance zu halten.

Könnte die Zukunft mich anrufen, würde sie mir sagen, dass man von einem Bild manchmal mehr lernen kann als von tausend Lebensweisheiten.

Als wir nach der Vorstellung das Gebäude verlassen, schweigen wir, verzaubert von den Körpern und von der Musik, zu der sie sich bewegt haben. Wie ein Mantra ertönt der Refrain in meinen Ohren.

Alegría
Wie ein Lichtblitz des Lebens
Alegría
Wie die Glut der Liebe
Alegría
Wie ein Freudensturm

Die ganze Nacht hindurch höre ich das Echo dieser Worte, sie wiegen mich sanft in einen Zustand zwischen Halbschlaf und Schlaf.

Arun und ich telefonieren fast jeden Tag miteinander. Er erkundigt sich nach meiner Mutter, erzählt von seiner Arbeit, wir tauschen Worte aus, als wären es Geständnisse. Oder Einladungen. Die Lust zu erzählen, zuzuhören, tiefer zu schürfen, ist so groß, dass ich gar nicht bemerke, wie heiß das Telefon an meinem Ohr wird und dass der Abend in die dunkle Nacht übergeht. Und noch immer sitzen wir da und reden und reden. Worüber genau, könnte ich gar nicht sagen. Wir reden viel über uns, über meine Macke, an den Fingerknöcheln herumzukauen, wenn ich nervös bin, über seine Angst vor Fledermäusen, über meine immer perfekt gestylten Haare, über mein gelegentliches Unbehagen, das mich manchmal von der

Welt entrückt, über seine kleinen Rituale, bevor er zu schreiben beginnt, über all die Zeit, die ich damit verbracht habe, die Zeit anzuhalten. In diesen Telefonaten bin ich so sehr bei mir, dass ich mich frage, wie lange ist es eigentlich her, dass ich mich mit Tancredi so intensiv unterhalten habe? Denn bestimmt haben wir das auch getan, ganz am Anfang vermutlich, vor Jahren – aber warum erinnere ich mich nicht daran?

Die Frage beschäftigt mich auch noch ein paar Tage später, als Tancredi und ich mit Marco – seinem Freund und Kollegen – und dessen Freundin Diana essen gehen. Gefeiert wird die Promotion von Diana, der jungen, aufstrebenden Anwältin. Sie haben sich für das schickste und teuerste Restaurant von Turin entschieden, *Le Colline*. Es heißt, es sei das Lieblingsrestaurant von Cavour gewesen.

Die drei sind superelegant gekleidet und scheinen sich in diesem Ambiente pudelwohl zu fühlen. Diana läuft zu Höchstform auf in ihrem hautengen Paul-Smith-Kleidchen, dem Stella-McCartney-Handtäschchen, das an ihrem Arm baumelt, und den übertrieben hohen High Heels, mit denen sie übers Parkett stakst. Ich fühle mich ziemlich deplatziert mit meinem langen Rock, den flachen Schuhen und der schlichten weißen Bluse. Ich könnte locker als ihre Assistentin durchgehen.

Sie reden ununterbrochen, teils über die Arbeit und ihre hochtrabenden Projekte, teils ist es einfach nur Klatsch und Tratsch. Ich höre ihnen zu, halte mich aber komplett aus dem Gespräch heraus.

«Hast du schon gehört? Die Lorenzi hat es anscheinend in den Journalistenverband geschafft.»

«Wenn die das schafft, dürfte es nicht allzu schwierig sein!» Großes Gelächter.

«Also, wenn ich Di Biagi überzeugen kann, dann habe ich den Auftrag für die *Life* sicher in der Tasche ...» Und wieder einvernehmliches Gelächter.

Sie wissen genau, was sie wollen, und haben jeden einzelnen Schritt vor Augen, um dieses Ziel zu erreichen. Fast komme ich mir vor wie bei einem Seminar für Karrierehaie. Ich beobachte Tancredi, seine Eloquenz, sein schnelles Gestikulieren. Eigentlich fand ich immer, er hat Stil, warum kommt er mir auf einmal so aufgesetzt vor? Er wendet sich entweder an Marco oder an Diana, als wäre ich gar nicht da. Ich frage mich, ob das schon immer so war oder ob es mir erst jetzt auffällt.

Ich hab's – es ist Neid! Sie wissen ganz genau, welchen Platz sie in der Welt haben, während ich noch nicht mal weiß, welches Besteck man zuerst benutzt.

Für den Rest des Essens denke ich nur noch, hoffentlich kommt bald das Dessert.

Ungefähr eine Woche nach unserer letzten Verabredung schlägt Arun wieder ein Treffen vor. Es ist Samstag, ein kalter Tag, der Himmel ist glasklar und wolkenlos. Wie jeden Samstag arbeitet Tancredi, ich verzichte also gerne auf den Wochenend-Trott zu Hause und nehme die Einladung an. Wir sind doch nur Freunde, sage ich mir immer wieder, während ich auf ihn warte, da ist doch nichts dabei. Es ist, als wollte ich meinem Herzen etwas vormachen. Ich weiß nicht, was Arun vorhat, er meinte nur, ich soll bequeme Klamotten anziehen, was mir nicht schwerfällt – Jeans, mein Lieblingspulli, der blaue, und Turnschuhe. Ich betrachte mich im Spiegel und bin alles andere als zufrieden. Wie so oft. Allein diese unbezähmbaren Haare, diese viel zu blasse Haut. Und der Pullover sah auch schon mal besser aus. Im Spiegel sehe ich eine unsichere Frau, die sich kritisch beäugt und dabei an ihren Knöcheln nagt.

Arun kommt pünktlich zur vereinbarten Uhrzeit am Nachmittag und bittet mich, keine Fragen zu stellen, ich soll mich einfach überraschen lassen. «Steig ein, wir fahren gleich los.» Er schielt auf eine Karte, die er aber so hält, dass ich nichts erkennen kann. Dann sagt er: «Es wird spät werden, ich hoffe, auf dich wartet niemand.» Er erwartet nicht wirklich eine Antwort, es sollte nur ein Hinweis sein. Wir unterhalten uns ein bisschen, hören griechische Musik, Sirtaki, ich stelle keine Fragen, sondern lasse mich einfach treiben. Wie schön, wenn man sich mal um nichts kümmern muss.

Gerade erzähle ich ihm von meinem Faible für Monty Python, als ich anhand der Straßenschilder erkenne, dass es ans Meer geht. Und während er mich mit Zitaten aus *Hundert Jahre Einsamkeit* verzaubert, taucht mit einem Mal unter einem fahlen aschgrauen Himmel eine leuchtend blaue Linie am Horizont auf.

«Ich liebe das Meer im Winter!», platzt es aus mir heraus. Woher er das weiß, frage ich ihn aber nicht, die

Antwort kann ich mir sowieso schon denken. Er lächelt, faltet mit einer Hand die Karte zusammen, während die andere das Lenkrad festhält.

Bei Noli fahren wir ab, vorbei an lauter pastellfarbenen Häusern. Wir betreten eine Bar unweit vom Strand, es ist die einzige, die zu dieser Jahreszeit geöffnet ist. Als wir sagen, dass wir draußen sitzen möchten, sehen sie uns verwundert an – es ist nicht gerade ein Tag für die Terrasse. Aber sie holen einen Tisch und legen eine ausgeblichene Tischdecke darauf. Wir bestellen zwei Bier, die sie uns gleich darauf zusammen mit grünen Oliven und ein paar belegten Brötchen bringen.

«Ich musste viel über deine Geschichte nachdenken», sage ich, als sich der Kellner entfernt. Eigentlich wollte ich nicht in seiner Wunde bohren, aber es geht nicht anders, ich möchte mehr darüber erfahren. «Wie ging es weiter, als du aus dem Heim kamst? Und woher wusstest du, was mit deinen Eltern passiert war?»

Er senkt den Blick, wird ernst und beginnt zu erzählen. «Als ich rauskam, war ich acht Jahre alt, und an meine Eltern hatte ich nur noch eine vage Erinnerung. Nach monatelangem, wirklich verzweifeltem Weinen habe ich beschlossen, sie aus meinem Gedächtnis zu streichen, mich komplett abzunabeln, nur so konnte ich den Schmerz, der mich zu erdrücken drohte, überleben.

Erst Jahre später, da war ich ungefähr dreißig, wollte ich meinen Wurzeln nachgehen. Ich flog nach Kambodscha und konnte Dara ausfindig machen, eine Cousine von Molyda. Sie hat mir meine Geschichte erzählt, so, wie sie sie erlebt hatte oder wie sie sie in Erinnerung hatte. Sie gab mir auch ein paar alte Notizhefte, ein vergilbtes Foto und ein Kleid von meiner Mutter, das war total zerknittert und verschlissen und roch auch nicht mehr nach ihr.

Aber so konnte ich den kleinen Knirps, der ich einmal gewesen war, umarmen, über seine Locken streichen, seine Tränen trocknen. Endlich konnte ich ihm ‹verzeihen›, dass er von den einzigen beiden Menschen, die er hatte, verlassen worden war.»

Arun dreht sein Bierglas in den Händen.

«Das Einzige, was von Fulvio und Molyda noch übrig ist, sind ihre Namen in der Vermisstenliste des Genozids. Aber für mich schweben ihre Seelen noch immer in diesem Flughafen herum, seit dem Tag meines Abflugs, sie folgen dem dünnen Strich meines Flugzeugs, meiner Reise ohne Wiederkehr.

Irgendjemand hat Dara erzählt, dass der schwarze Engel von einem dreizehnjährigen Guerillakämpfer erschossen wurde. Da betete sie gerade. Es gibt keine Beweise dafür, dass es tatsächlich so war, aber ich bin zutiefst davon überzeugt, dass meine Mutter erschossen wurde, als sie für mich betete.»

«Es tut mir leid, Arun, ich möchte nicht, dass du traurig bist.» Und aus einem Impuls heraus streiche ich über seine Wange, als wollte ich Tränen, die längst getrocknet sind, abwischen.

«Ist schon okay, Anita, es tut mir sogar sehr gut, darüber zu reden. Aber jetzt lassen wir die Vergangenheit hinter uns und genießen den Abend, einverstanden?» Er lächelt mich an, und dieses Lächeln genügt schon, damit mir leichter ums Herz wird.

Ich ziehe meine Jacke enger um meine Schultern, obwohl mir nicht wirklich kalt ist. Ich spüre lediglich eine leichte Verspannung unten an der Wirbelsäule, die sich mit jedem Schluck Bier mehr verflüchtigt. Ganz schwindelig und warm im Bauch wird mir durch den Alkohol, mit jedem Atemzug dieser salzigen Luft erweitern sich meine Lungen, ich fühle mich leichter und freier. Es ist schön, sich – ab und an – wie eine Wolke zu fühlen. Alle Last von sich zu werfen und zu schweben.

Es geht nicht darum, worüber wir uns unterhalten, es geht darum, wie er mich ansieht; als wäre alles andere um uns herum aus seinem Blickfeld verschwunden, als gäbe es nur noch mich. Als er eine dritte Runde Bier bestellt, ist mein Lachen gelöster, wie außer Kontrolle geraten. Ich frage mich schon gar nicht mehr, was ich hier eigentlich tue, an diesem feuchten, dunklen Winterabend, mit einem Mann, den ich vor gerade mal zehn Tagen zufällig kennengelernt habe und der mich jetzt mit seinen Augen streichelt, als gehörte ich ihm. Ich denke an nichts, genieße einfach nur seine warme Stimme und den gleichgültigen Atem des nahen Meeres. Das war genau das, was ich so dringend brauchte – diesen zarten Rausch, diese weichen Gedanken, diese runden Worte.

Ich kann gar nicht sagen, wie lange wir in dieser Bar

saßen, jedenfalls ist es schon spät, als wir beschließen, noch ein paar Schritte zu gehen.

Auf der Strandpromenade bleiben wir stehen und beobachten ein paar alte Männer beim Boccia-Spielen. Sie schreien und gestikulieren wild bei der weißen Linie auf dem Asphalt, sie konkurrieren um die Entfernung zur kleinen Kugel, als ginge es um Leben und Tod. In Aruns Augen kann ich eine leise Rührung erkennen. Sie ist ansteckend. Er dreht sich um, kreuzt meinen Blick und streichelt mein Handgelenk. Der krächzende Schrei einer Möwe ertönt am Himmel. «Deine Hände sind kalt», sagt er und steckt meine Hand in seine Jackentasche. Ich spüre einen Schauer, während wir unseren Schatten auf der Promenade folgen.

Später, im Auto, als wir vor lauter Müdigkeit und auch ein wenig Verlegenheit schweigen, fallen mir die Männer beim Boccia-Spielen wieder ein, ihre Hände, ihre Konzentration auf den nächsten Wurf. Sie schlugen sich verärgert auf die Schenkel, wenn das Ziel nur knapp verfehlt war. Sie ballten ihre Fäuste, wenn sie alles gegeben hatten, ihnen jedoch nichts anderes übrigblieb, als erneut ihr Glück zu versuchen.

Ich frage mich, ob nicht das der Sinn des Lebens ist – mit Energie und Konzentration alles zu geben, bis zum Ende des Spiels.

Es ist kurz nach Mitternacht, als wir auf dem Nachhauseweg sind. Ich betrachte ihn von der Seite, schön sieht er aus so im Halbdunkel des Wagens, vertieft in irgendwelche Gedankenspiele. Stumm. Und nicht greifbar, wie es so seine Art ist.

Kurz bevor ich zu Hause bin, biegt er ab. «Keine Sorge», meint er, «ich möchte dir nur etwas geben.» Er fährt zum Hügel Monte dei Cappuccini, dann nimmt er eine Straße, die ich nicht kenne, bis wir eine brache Fläche erreichen, die einen irren Ausblick auf das Lichtermeer der Stadt bietet. Auf dem ganzen Weg dorthin sprechen wir nicht.

Er parkt und gibt mir einen gefalteten Zettel, auf den er etwas geschrieben hat.

«Hier, für dich.»

«Was ist das?»

«Etwas, das ich für dich geschrieben habe, oder vielmehr etwas, was ich in dir gesehen habe.»

«Und ...?»

«Lies ihn.» Dabei schaltet er die Innenbeleuchtung an.

Ich lese.

Das Erste, was mir an dir aufgefallen ist, sind zwei kleine Flügel unter der Schulter. Du versteckst sie vor dir selbst durch seltsame Verrenkungen und Ängste, an denen du festhältst. Du weißt nicht, dass du Flügel hast, aber sie sind da. Und sie warten schon so lange darauf, sich zu entfalten.

Anita, alles ist möglich. Befreie dich von dem Schmerz, den du nicht mehr tragen kannst. Die Last ist zu schwer, sie behindert dich, wirft dich aus der Bahn. Du musst dich von ihr befreien, wenn du fliegen willst. Hol dir das, was dir zusteht, folge dem Weg deines Herzens. Auch wenn du vielleicht manchmal gar nicht weißt, wohin es gehen soll. Du musst dich selbst für einen Weg entscheiden, damit du jeden Abend mit einem guten Gefühl einschlafen kannst. Kümmere dich um deine Seele, man kann ihr Leuchten sehen, und dann überlasse dich dem Wind, vertraue ihm, und er wird dich forttragen.

Das wollte ich dir nur sagen. Es wäre ein Jammer, wenn deine Flügel verkümmern würden.
Entschuldige, vielleicht bin ich etwas aufdringlich, vielleicht überfordere ich dich mit meinem Wortschwall – ist wohl eine Berufskrankheit ...

Arun

Ich starre lange auf den Zettel und weiß nicht so recht, was ich sagen soll. Ich bin überrascht. Und fühle mich geehrt. Vor allem aber bin ich verwirrt. «Er ist sehr schön, Arun. Aber wie konntest du all das sehen?»

«Immer wenn ich einem besonderen Menschen begegne, fällt mir eine Geschichte ein oder ein Gedicht, oder es sind ein paar Sätze, die mit dem Leben dieses Menschen zu tun haben. Seit ich klein bin, ist das so. Ich kann es auch nicht erklären, Anita, aber alles, was ich weiß, steht auf dem Zettel. Als würde ich in die geheimen Zonen eines anderen Menschen eindringen. Und dann schreibe ich eben alles auf.»

«Passiert dir das oft?»

«Nein. Ich kann es auch nicht beeinflussen, es passiert

einfach. Manchmal sind es besondere Orte, die mir eine erzählenswerte Geschichte zuflüstern. Viele Märchen, die ich geschrieben habe, sind genau so entstanden.»

«Ich glaube, ich muss ihn noch mal lesen, um auch alles zu verstehen.»

«Manchmal braucht man ungeheuren Mut, um in sich hineinzuhorchen.» Stimmt, als würde man sich über einen Überhang hinauslehnen, voll dem Wind ausgeliefert, schwebend über dem Abgrund, denke ich. Jetzt sieht er mir direkt in die Augen, er scheint mir irgendein Geheimnis verraten zu wollen.

«Du hast gesagt, das passiert dir nur bei einem *besonderen* Menschen. Ich ... ich meine, du kennst mich doch gar nicht», bringe ich hervor.

«Jetzt kommt die zweite Sache, die ich dir sagen wollte.» Er spricht langsam, wie ein Kind, das die neu gelernten Wörter erst einmal sortieren muss. «Ich war noch nie verliebt. Vielleicht habe ich mich immer nur um mich selbst gedreht. Ich hatte zwar ein paar kurze Beziehungen, das schon. Um wenigstens mitreden zu können, wenn von *Gefühlen* gesprochen wurde. Aber es hat nie funktioniert, es war nichts dabei, was Spuren hinterlassen hätte.»

«Und was hat das alles ... mit mir zu tun?» In meinem Kopf beginnt es zu rauschen.

«Es geht darum, was ich fühle, so etwas ist mir noch nie passiert. Der Tag, an dem wir uns im Zug kennenlernten, neulich nachmittags in der Bar, dann abends, als ich einfach nur neben dir saß und mir die Vorstellung ansah. Das erste Mal in meinem Leben spüre ich einen Teil von *meiner* Geschichte, wenn ich bei dir bin.»

«Ich verstehe nicht ...» Das ist keine Frage mehr, sondern eine Lüge. Ohne eine Spur von Verlegenheit sieht er mich an.

«Hast du schon einmal den Flug einer Möwe beobachtet? Hast du genau hingesehen? Sie breitet ihre Flügel aus, hält sie dann ruhig und unbewegt und lässt sich vom Wind treiben. Es sieht aus, als würde eine fremde Kraft sie beherrschen, aber das stimmt nicht. Ihr ganzer Körper ist angespannt, sie entscheidet, wohin es gehen soll, millimetergenau, sie ist wie der König der Lüfte. Es scheint, als wäre sie dem Wind ausgeliefert, aber in Wirklichkeit weiß sie ganz genau, wohin sie will. Das heißt, nicht sie, aber ihr Instinkt. Als ich dich neulich mit Tränen in den Augen sah, fiel mir genau dieses Bild ein – eine Möwe inmitten eines Sturms, aber noch immer Herr über sich selbst, trotz allem. Eine Möwe, die einfach nur von ihrem Kurs abgekommen ist. In diesem majestätischen, doch fehlgeleiteten Flug habe ich einen Teil von mir wiedererkannt. Einen Teil, von dessen Existenz ich gar nichts wusste.»

«Ich glaube nicht ...»

«Warte. Was ich sagen möchte, ist, dass ich dich nicht einfach gehen lassen kann. Deswegen werde ich auf dich warten, bis du für dich ein paar Dinge geklärt hast. Du meintest, es gebe da jemanden, und das kann ich natürlich nicht einfach ignorieren. Ich habe keine Eile, und ich habe nichts zu verlieren. Ich werde jetzt auch nicht versuchen, dich zu küssen, auch wenn es nichts gibt, was ich lieber täte. Ich fahre dich jetzt nach Hause und werde dann gehen, das ist alles. Das war es, was du wissen solltest. Ich möchte dich nur noch bitten, jetzt nichts zu sagen und dir die Zeit zu nehmen, die du brauchst.»

Ohne eine Antwort abzuwarten, startet er sachte, doch entschieden den Motor, und schon sind wir vor meinem Haus angelangt. In meinem Kopf herrscht Chaos, meine Gedanken bekämpfen sich gegenseitig, aber ich verschanze mich hinter einer dicken Mauer aus Schweigen. *No comment*, mein Herz, gib mir Luft zum Atmen!

Er hält vor meiner Tür und lächelt mich an. Schüchtern beuge ich mich zu ihm hinüber und küsse ihn auf den Mund, ganz leicht. Es ist nur ein Hauch. Eine zärtliche Andeutung.

Alegría
Wie ein Lichtblitz des Lebens

Während ich die Tür öffne und aussteige, sagt er: «Ich warte auf dich.»

Ich betrete die Wohnung, meine Kehle ist trocken, meine Sinne sind in Aufruhr. Ich lasse mich aufs Bett fallen.

8

Die verschiedenen Gewänder der Engel

Der Wecker beendet meinen seltsamen Dämmerzustand, und ich versuche, die wirren Träume zu deuten. Es ist schon spät, ich schiebe Gedanken und Gefühle beiseite, bevor sie mich vollständig vereinnahmen.

In der Agentur steht ein Text über orientalische Philosophie an, aber da ich ohnehin nichts auf die Reihe kriege, richte ich meine Aufmerksamkeit lieber auf etwas anderes: Wenn Arun ein Kinderbuchautor ist, hat er bestimmt etwas veröffentlicht, das ich lesen könnte. Um an mehr Infos heranzukommen, wende ich mich an Angela, die sich immer bestens auskennt.

Ich frage sie, ob sie Lust auf einen Kaffee hat, und nachdem sie mir detailliert ihre Liebesabenteuer vom Wochenende geschildert hat, lasse ich so ganz nebenbei den Namen Arun Agostini fallen.

«Agostini ... der Kinderbuchautor, ja, den kenne ich, das heißt, ich habe schon von ihm gehört, er soll Talent haben. Gesehen habe ich ihn auch schon mal, vor ungefähr einem halben Jahr. Ziemlich verschlossen, der Typ. Ich glaube, das war bei einer Veranstaltung von seinem Verlag, die haben damals irgendein Online-Projekt vorgestellt.» Kaum gibt man ihr ein Stichwort, ist sie nicht mehr zu bremsen. «Er hat jedenfalls einen bleibenden Eindruck hinterlassen, als wäre er nicht von dieser Welt. Seine Kleidung war auch nicht gerade passend, ehrlich gesagt. Kein Anzug, keine Krawatte, wie es sich gehört hätte, sondern einfach nur Pulli und Jeans, wenn ich mich recht erinnere. Er hatte sich ganz nach hinten gesetzt, als hätte man ihn zu der Veranstaltung gezwungen. Hätte man mir nicht gesagt, dass er der Autor ist, hätte ich gedacht, das ist einer von der Security. Das Einzige, was ihn zu interessieren schien, war sein Sohn. Als ich mich von jemandem verabschiedete, der neben ihm stand, habe ich gesehen, wie er diesen Jungen anstarrte, er hatte nur Augen für ihn.»

«Sein Sohn ...» Ich täusche einen Hustenanfall vor, denn meine Stimme zittert. Angela bedeutet *Bote*. In diesem Fall ist sie mein Unglücksbote.

«Ja, der Junge sagte ‹Papa› zu ihm. Ein sehr hübsches Kind übrigens. Das heißt, nicht hübsch, aber er hatte etwas Besonderes, so ein Strahlen, ich weiß auch nicht. Er dürfte so sieben oder acht gewesen sein, ganz brav und zierlich, ein richtiger kleiner Prinz.»

Ich höre schon gar nicht mehr zu. Unter irgendeinem Vorwand beende ich das Gespräch und gehe zurück an meinen Schreibtisch. Wie kann es sein, dass er mir in aller Ausführlichkeit von seinen sinnlosen Beziehungen erzählt und dabei nicht erwähnt, dass er einen Sohn hat? Wie blöd kann man eigentlich sein? Da kommt ein Fremder an, sagt, er hat sich in mich verliebt, nachdem wir uns gerade viermal gesehen haben, ich glaube ihm, lasse mich von seinen Worten einwickeln und bin seinetwegen völlig durch den Wind.

Ich bin verärgert und empört, dann klingelt auch noch das Handy. Es ist Papa, schon wieder ein Stich ins Herz. Ich gehe ran. Er sagt das, was ich nicht hören möchte. Dass es Mama schlechter geht, dass man nichts mehr tun kann, dass sie jetzt nach Hause kommt. Das war's. Ist das der Preis für ein paar angenehme Stunden? Eine ganze Zeitlang bewege ich mich nicht, ich bleibe einfach sitzen und werde von meinen Gedanken fast erdrückt.

Ich bin am Leben. Oder doch nicht? Ich weine nicht. Ich bin in der Agentur, höre Musik über die Kopfhörer und schreibe. Papa meinte eben zu mir am Telefon, dass «da etwas ist, im Rückenmark, etwas, von dem man nicht weiß, wie man es ...» Wie man es was? Aufhalten soll? Heilen soll? Ich habe keine Ahnung, wer weiß, ob überhaupt jemand die Antwort kennt. Morgen stehen noch die letzten Untersuchungen an, dann kommt Mama nach Hause.

«Man kann nichts mehr tun.» Dieses *nichts* ist für mich nur ein Klang, die Bedeutung dieses Wortes ist mir fremd.

Ich bin hier. Ich arbeite nicht, ich höre nur Musik, ich warte darauf, dass ich gehen kann. Meine Augen sind verbunden, meine Hände gebunden, mein Gesicht ist seltsam verzerrt. Ich fühle mich wie auf einem Karussell, das nicht mehr anhält, man dreht sich und dreht sich und möchte sich eigentlich nur noch übergeben.

Als ich mich wieder etwas gefasst habe, gehe ich zu meinem Chef und erkläre ihm die Lage. Ich sage, dass ich meine zwei Wochen Urlaub sofort nehmen muss, dass ich noch heute fahre, jetzt gleich. Obwohl er bekanntermaßen kein einfühlsamer Mensch ist, scheint er es zu verstehen, denn er sagt: «Gehen Sie ruhig, das ist kein Problem, Sie können gehen.»

Auf dem Weg nach Hause rufe ich Tancredi an. Diesmal bin ich es, die kurz angebunden ist. Er fragt mich, ob er mich zum Bahnhof fahren soll, aber ich lehne ab, ich werde den Bus nehmen. Er scheint erleichtert zu sein, aber vielleicht bilde ich mir das auch nur ein. Wahrscheinlich habe ich insgeheim gehofft, dass er sagt, er kommt mit.

Und wieder einmal heißt es: schnell den Koffer packen und ab zum Bahnhof. Wie in einem dieser Horrorfilme, in denen der Albtraum für die Hauptfigur darin besteht, dass sich eine Szene ewig wiederholt.

Schon oft habe ich mir diesen Moment vorgestellt. Aber man kann eine Situation noch so oft in Gedanken durchspielen, wenn eintritt, was man fürchtet, ist man ihr trotzdem gnadenlos ausgeliefert.

Und so sitze ich wieder im Zug, im Dunkeln, und wieder bin ich allein. Bei mir ist nur die Angst, aus dem Zug zu steigen, mit Dingen konfrontiert zu werden, die ich nicht sehen möchte. In meinem Kopf herrscht Chaos, ich kann mich nicht auf mein Buch konzentrieren und stecke es wieder in die Tasche. Ich muss an etwas Schönes denken. Wenn ich abends nicht einschlafen konnte, sagte Mama immer: «Du musst an etwas Schönes denken.» Damals ging das ganz leicht, ich musste mich nur an ihren duftenden Körper kuscheln, und schon ging mein Atem genauso langsam und regelmäßig wie der ihre, und ich glitt in den Schlaf.

Ich grabe in meinem Gedächtnis und tauche tatsächlich mit einer schönen Erinnerung wieder auf – viele Jahre ist es her, ich war noch ein Kind, ungefähr neun Jahre alt.

Es war an einem Nachmittag, ich hatte die Hausaufgaben schon gemacht, und meine Mutter, meine Tante und ich wollten zusammen einen Spaziergang machen. Wir gingen oft durch den Wald in Richtung Wasserfall, ich mochte den Weg, dort sah es aus wie in einem Märchen. Meistens lief ich voraus und blieb hin und wieder an meinen Lieblingsstellen stehen.

An jenem Nachmittag rannte ich ebenfalls los, bis ich eine Lichtung an einem kleinen Bach erreichte. Jetzt musste ich nur noch ein Stück den Berg hoch bis zu dem Tümpel, der sich durch Schmelzwasser gebildet hatte. An dem Tag war ich aus zweierlei Gründen überglücklich, ich erinnere mich genau. Erstens, weil ich ein paar neue Fellstiefel bekommen hatte, feuerrot, und mich wie eine Königin fühlte. Zweitens, weil Papa mir am Abend zuvor beigebracht hatte, wie man Papierschiffchen faltet. Eines davon hatte ich dabei, um es in dem glasklaren Wasser schwimmen zu lassen. Ich beobachtete, wie es auf meinem kleinen Ozean dahinglitt, als ich plötzlich wegrutschte, ich hatte wohl versehentlich einen kleinen Erdrutsch ausgelöst, genau weiß ich es auch nicht mehr. Jedenfalls steckte ich mit einem Fuß unter einem großen Stein fest, während die Erde unter mir weiterhin nachgab, und fast wäre ich in ein Loch gestürzt, das sich neben dem Tümpel aufgetan hatte, wenn keiner gekommen wäre, um mich zu retten. Ich schrie, so laut ich konnte, aber meine Mutter und meine Tante waren ein ganzes Stück hinter mir, weil sie unterwegs eine Bekannte getroffen hatten. Zum ersten Mal in meinem Leben bekam ich es wirklich mit der Angst zu tun.

Ich begann zu weinen, verzweifelt, denn die Erde unter mir drohte mich mit sich zu reißen. Da sah ich ein Stück weiter unten, umgeben von Laub, einen Schatten, der immer näher kam. Als er neben mir stand, hörte ich eine Stimme sagen: «Hab keine Angst, ich helfe dir.» Es war ein Junge, etwas älter als ich, mit zwei riesengroßen Augen und vielen Locken auf dem Kopf. Er war aus dem Nichts aufgetaucht, als hätte irgendeine Waldkreatur, die es gut mit mir meinte, ihn zu mir geschickt. Er versuchte, mir zu helfen, konnte schließlich auch den Steinbrocken beiseiteschieben und befreite mich so aus dessen Klammergriff. Als Pfand musste ich lediglich meinen roten Stiefel hinterlassen, der noch immer unter dem Felsmassiv steckte, ich zitterte am ganzen Körper. Er brachte mich zurück zum Weg, meine Mutter und meine Tante kamen uns schon entgegen, ganz aufgebracht waren sie, und besorgt, weil sie meine Schreie gehört hatten. Ich rannte ihnen entgegen, vielmehr humpelte ich, weil ich ja nur einen Schuh anhatte, und drückte sie so fest, als hätte ich sie seit Jahren nicht gesehen. Weinend ließ ich mich in ihre Arme fallen und erzählte, was vorgefallen war. Als ich mich umdrehte, um meinem Retter zu danken, war er nicht mehr da.

Über Jahre hinweg fiel mir immer mal wieder die Begegnung mit meinem Waldgeist ein, mal sah ich in ihm einen Kobold, mal den mutigen Prinzen, der ein armes Mädchen gerettet hatte. Mein Prinz, Herrscher über die Wälder.

Ich habe ihn nie wiedergesehen, doch in meinen Träumen tauchte er oft auf. Noch nie hätte ich ihn so dringend gebraucht wie jetzt, einen gütigen Engel, der mich rettet, weil mir der Boden unter den Füßen wegrutscht und ich immer tiefer sinke, in den Abgrund, der einfach nicht enden will.

Könnte die Zukunft mich anrufen, würde sie mir nach einem lauten Trommelwirbel mitteilen, dass Engel verschiedene Gewänder tragen. Und wenn ihr Moment gekommen ist, treten sie in Erscheinung, und zwar in dem Gewand, das das Schicksal für sie vorgesehen hat.

9

Gute Reise

Als ich meine Mutter wiedersehe, bin ich schockiert, wie sehr sie abgebaut hat. Als hätte sich in nur acht Tagen ihr Gesicht komplett verändert, als lasteten auf ihren Schultern und zwischen ihren Falten mindestens zehn Jahre. Sie hat stark abgenommen, bewegt sich sehr langsam, sogar das Sprechen fällt ihr schwer.

Als ich gestern Abend ankam, wollte ich sie nicht wecken. Erst heute betrete ich das Zimmer im Morgenlicht, das unerbittlich durch die Lamellen der Fensterläden dringt. Auch diesmal scheint in ihr ein kleines Strahlen aufzuflackern, als sie mich erblickt.

Sie steht auf, kann sich kaum auf den Beinen halten und umschlingt meinen Hals, aber die Umarmung drückt kein «Herzlich willkommen» aus, eher so etwas wie «Da bist du ja endlich!». Sie glaubt, ihre Tage sind gezählt.

Ich bin die Einzige, die an der Überzeugung festhält, dass sie wieder gesund werden wird, dass dieser Albtraum bald ein Ende haben und alles wieder in gewohnten Bahnen verlaufen wird.

Mein Leben gleicht einer Weggabelung. Da ist das *Vorher*, *vor* der Diagnose. Oder besser gesagt, *bevor* Mama erkrankte. Wann genau das war, weiß keiner so recht. Das ist das Hinterhältige an solchen Krankheiten. Man lebt fröhlich vor sich hin, jammert, wenn es auf der Arbeit nicht läuft, wenn der Chef nervt, wenn das Geld knapp wird, oder aber man freut sich – eher selten – über irgendeine Überraschung, eine Beförderung, einen tollen Urlaub oder ein paar schöne Tage mit den Kindern. Und man ahnt nicht, dass sich etwas Böses in den Zellen einnistet, und dann teilen sie sich einfach, sie wuchern, sie mutieren. Aber Mama ist gut darin, dieses Wort – *vorher* – elegant zu umschiffen und einfach umzukehren, dorthin, als sie Frauen half, ihre Kinder auf die Welt zu bringen, als sie meinem Vater das Abendessen kochte und sie an ihre Tochter im fernen Turin dachte.

Und ein Teil von mir glaubt tatsächlich noch immer daran, dass sie wieder gesund wird, auch jetzt noch, während sie vor mir sitzt und mich ansieht, als müsse sie mir irgendetwas sagen, wofür ihr die Worte fehlen. Sie drückt nur meine Hand, ganz fest, und bittet um etwas Apfelsaft. Mehrmals am Tag tut sie das. Es ist das Einzige, was sie zu sich nimmt. Für richtiges Essen scheint ihr die Kraft zu fehlen.

Könnte die Zukunft mich anrufen, würde sie mir sagen, dass ein Leben, das nur noch an einem dünnen Faden hängt, ab sofort für mich einen speziellen Geruch hat: den Geruch nach Apfel.

Als ich mit meinem Vater allein bin und wir das Mittagessen zubereiten, frage ich ihn, wie das sein kann, eine derartige Verschlechterung in den paar Tagen. Er sagt, die Ärzte hätten es vorausgesagt, das seien die Metastasen, die sich immer weiter ausbreiteten.

Wie naiv wir doch sind, wenn wir unsere Körper wie Trophäen herumtragen, wie funktionierende *Maschinen*. Wenn uns nur klar wäre, wie labil das ganze System ist, und wie vergänglich.

Es genügt doch schon ein kleiner Fehler, oder auch nur der Alterungsprozess, und wir sind diesem Körper, mit dem wir uns schon gar nicht mehr identifizieren, hilflos ausgeliefert. «Das Leben ist eine kleine Flamme, die starkem Wind ausgeliefert ist», schrieb einst ein weiser Kambodschaner aus Angkor.

Am Nachmittag kommt Alda, eine Freundin meiner Mutter. Ihr Sohn ist auch dabei, ein kleiner blonder Knirps. Er ist knapp über ein Jahr alt und heißt Giulio. Giulio und meine Mutter verbindet etwas ganz Besonderes, wie bei so vielen Kindern aus dem Tal hier, denen sie dabei half, auf die Welt zu kommen.

Ich weiß noch, wie erschöpft sie nach der Arbeit immer nach Hause kam, mit müden, doch glücklichen Augen, jedes Mal, wenn sie einer Frau dabei helfen konnte, Mutter zu werden, und einem Neugeborenen, die ersten Atemzüge zu tun. Noch Stunden später war ihr anzumerken, wie aufgewühlt sie war, sie konnte ihre Gefühle nicht einfach abschütteln, sie hafteten regelrecht an ihr.

«Agnese!» Alda geht zu ihr, beugt sich über das Bett, sie umarmt sie ganz fest, es ist nicht zu übersehen, wie sehr sie sie mag. «Bleib liegen», sagt sie, aber Mama ist stur wie ein Esel, sie steht auf, auch wenn sie schwankt. Sie will den kleinen Zwerg, der sie anlächelt und die Arme nach ihr ausstreckt, an sich drücken – sie kennt ihn schließlich seit seiner Geburt –, aber als er dann tatsächlich auf ihrem Arm ist, wird er ihr zu schwer, und sie muss sich wieder aufs Bett setzen.

Sie, die noch vor einigen Monaten alle Kräfte aufgeboten hat, damit er den Weg in die Welt finden konnte, hat jetzt nicht einmal genügend Kraft, um seine zehn Kilo auf dem Arm zu halten.

Es gibt Bilder oder Momente, die sich ins Gedächtnis einbrennen und von denen man sofort weiß, dass sie immer wieder auftauchen werden, auch nachts in den Träumen, in einer sich ewig wiederholenden Endlosschleife.

Irgendwie ertrage ich es nicht, dass ihr Mut sie im Stich lässt und von ihrem verbissenen Kampfgeist nichts mehr zu spüren ist. Unter irgendeinem Vorwand verlasse ich das Zimmer, um meine Wut nicht zu zeigen. Ganz automatisch steuere ich auf die kleine Bank hinterm Haus zu. Das war schon immer mein Lieblingsplatz, mit Blick auf das Tal.

Es ist eine ganz einfache Bank, nur ein paar zusammengenagelte Bretter, daneben steht ein alter Kirschbaum. Hier fuhr mein Großvater das Heu ein, als ich klein war, ich sah, wie er sich den Berg hochschleppte, auf dem krummen Rücken einen alten Jutesack mit Geräten, doch immer war sein stolzer Blick nach vorn gerichtet.

Tausendmal schon habe ich auf dieser Bank gesessen, habe den Grillen gelauscht, mich von der Sonne wärmen lassen, während mein Blick abschweifte, hin zum Wald und noch weiter weg, hoch, wo meine Berge als stolze Beschützer über mich wachten. Es gibt nichts, worüber ich, auf dieser Bank sitzend, nicht nachgedacht hätte.

Über mein Leben, über die Liebe. Ich habe mir vorgestellt, wie sich der Mann meiner Träume von hinten nähert und mich mit einem Kuss überrascht, noch bevor wir uns überhaupt kennen. Ich habe mir vorgestellt, wie meine Kinder auf diesen Wiesen hier spielen. Ich habe mir mein zukünftiges Leben vorgestellt, was ich daraus machen würde, als es mir noch wie weicher, formbarer Ton vorkam. Ich habe mir Reisen vorgestellt, Abreise und Wiederkehr. Ich habe Fluchtpläne ausgeheckt und gleich darauf wieder beschlossen, doch lieber hierzubleiben. Ich konnte Veränderungen erahnen, während ich die Wolken betrachtete, die hinter den Bergen auftauchten und Regen ankündigten. Ich habe das Heranrollen übler Gedanken bemerkt und habe magische Worte gefunden, um sie wieder zu verscheuchen. Fast immer.

Hier habe ich alles verflucht, was ich nicht verstanden habe. Und hier, unter diesem Kirschbaum, habe ich Frieden geschlossen mit Gott, mit dem großen Ganzen, das sich jedes Jahr, jeden Tag, jeden Augenblick verändert, und das doch bleibt, damit ich sehe, dass im Endeffekt doch irgendetwas von Dauer sein kann. Dass es zumindest einen Gedanken gibt, einen Duft oder ein Bild, das uns überlebt.

Ich erinnere mich genau an einen Tag, ich war ungefähr dreizehn und damit in einem Alter, in dem jedes Wort und jede Tat ein Akt der Rebellion ist. Ich hatte mit meiner Mutter wegen irgendeiner typisch pubertären Kleinigkeit gestritten. Ich schrie wie verrückt, meine Mutter noch viel mehr, es fehlte nicht viel, und wir wären aufeinander losgegangen. Ich knallte die Tür hinter mir zu und rannte zu meiner Bank. Trotz der Affenkälte war ich bestimmt über eine halbe Stunde draußen. Ich hatte zwar einen dicken Pullover an, aber meine Hände und Füße waren Eisklötze. Am liebsten wäre ich sofort wieder ins Haus gegangen, doch mein Stolz hielt mich zurück.

Dann sah ich sie kommen. Sie war nicht mehr wütend, aber sehr ernst.

«Ich wusste, dass du hier bist», sagte sie. «Zieh wenigstens die an», und dabei gab sie mir ein paar Wollhandschuhe.

Damit zeigte sie mir, dass man trotz Wut und Enttäuschung lieben kann, wenn man wirklich liebt.

Sieben Tage vergehen. Tancredi ruft mich jeden Abend an und erkundigt sich nach dem Zustand meiner Mutter. Jeden Abend sagt er, dass er gerade dabei ist, ein wichtiges Projekt abzuschließen, dass er dann aber gleich nachkommt. «Es dauert nicht mehr lange, mein

Kleines, halt die Ohren steif.» Aber einen Tag später ist er mit dem wichtigen Projekt immer noch nicht fertig, und seine Abreise verschiebt sich wieder. Unsere Gespräche enden immer gleich. Er sagt dann: «Es wird alles gut, glaub mir.» Ich habe keine Lust mehr, mir diesen Mist anzuhören.

Auch wenn ich das gar nicht will, frage ich mich oft, ob Arun tatsächlich auf mich wartet. Es ist gerade mal eine gute Woche her, seit er mir seine Gefühle gestanden hat, aber nach allem, was passiert ist, kommt es mir vor wie eine Ewigkeit. Ich verscheuche sofort den Gedanken an ihn – so wie er mich belogen hat, hat er gar kein Recht darauf, so viel Raum einzunehmen.

Mama scheint immer tiefer in ihre Welt abzugleiten, aus der sie immer seltener auftaucht. Die meiste Zeit verbringt sie im Halbschlaf. Jeden Tag kommt eine Ärztin, die ihre Blutwerte überprüft und das Morphium dosiert. Meistens kommt sie um die Mittagszeit, nach dem Essen, dabei ist sie ernst und uns gegenüber sehr rücksichtsvoll, sie versteht unseren Schmerz. Viel sagt sie nicht, in Mamas Schlafzimmer flüstert sie nur. Sie notiert die Werte, öffnet und schließt die Dosierung des Tropfs, bewegt sich so vorsichtig, als fürchtete sie, durch eine ungeschickte Bewegung ein zerbrechliches Gleichgewicht zu zerstören.

Jeden Tag besuchen uns Freunde und Verwandte. Die meisten kommen spontan vorbei, sie sagen nicht viel, das liegt an besagtem Gebirgsblut, langes, sinnloses Gerede mögen sie nicht. Viele betreten noch nicht einmal das Zimmer, sie bleiben einfach auf der Türschwelle stehen wie am Rande eines tiefen Abgrunds. Andere setzen sich an ihr Bett, vor allem ihre Freundinnen, und dann kommen tränenreiche Worte. Was ich absolut nicht ertrage, ist, wenn sie mit schmerzverzerrtem Gesicht dasitzen und meinen Vater und mich ansehen, als wäre Mama schon tot.

Über manche Besucher freue ich mich sehr, ich würde mich am liebsten an sie klammern auf der Suche nach ein wenig Trost. Vor allem würde ich mich an die Frauen klammern, die mich an meine Mutter erinnern, auch wenn es nur Kleinigkeiten sind wie ihr Alter, der Dialekt oder die Haarfarbe, schon komisch ...

Meine Tante ist immer hier, ein Schatten im Hintergrund, an der Seite meines Vaters.

In diesen sieben Tagen sitze ich viel am Bett meiner Mutter und lese ihr vor. Sie hat immer so gerne gelesen, und jetzt kann sie es nicht mehr. Sie sieht immer zum gekippten Fenster, wer weiß, ob sie mir zuhört oder irgendeiner Erinnerung nachhängt. Sie kann nicht mehr essen, sich nicht selber waschen und alleine gehen auch nicht. Jedes Mal, wenn es mir nicht gelingt, die hoffnungsfrohe, glückliche Tochter zu spielen, gehe ich auf den Balkon in die schneidende Februarkälte. Was muss ich tun, Mama, um dir ein Lächeln zu entlocken, um deine Augen strahlen zu sehen? Weißt du, du vernachlässigst mich ganz schön, du lachst nicht mehr wie früher, und wenn du mich ansiehst, frage ich mich, siehst du noch das kleine Mädchen in mir? Es gibt nichts Selbstsüchtigeres, ja Gnadenloseres, als die Liebe eines Kindes, sie beansprucht alles für sich, ist egoistisch und fordert nur. Ein Kind gibt sich nur schwerlich mit etwas zufrieden, was nicht einer totalen Hingabe gleichkäme.

Eigentlich müsste sie jetzt also aufstehen, mich umarmen, meine Tränen trocknen und mir wieder warme Handschuhe geben.

Papa meinte, ein paar Tage vor meiner Ankunft habe Agnese ihn ernst angesehen und gefragt: «Antonio, wie geht es denn jetzt weiter?» Er war erstarrt, hatte völlig verunsichert irgendetwas gemurmelt, aber ihrem Blick nicht ausweichen können. Dann hatte er es aufgegeben: «Ich weiß es nicht», hatte er zurückgegeben. «Ich weiß nicht, wie es weitergeht.»

Mich hat sie nie etwas gefragt. Nur einmal, an einem Nachmittag, unterbrach sie mich beim Vorlesen, bat mich, sie aufzurichten und flüsterte mir zu: «Anita, mein Schatz, egal, was passiert, du wirst immer meine Kleine bleiben.» Dabei drückte sie fest meinen Arm.

Zwei Tage später ist sie weggeflogen.

Am Nachmittag hatte sie hohes Fieber bekommen und war bewusstlos geworden. Der Himmel war schneegetränkt, die Ärztin kam, ihre Hände, die die Mappe hielten, waren gerötet, und sie hatte ihr die letzte Dosis Morphium verabreicht. Wir baten sie zu gehen. Gleich darauf kam der Pfarrer für die Krankensalbung, aber ich wollte nicht, dass meine Mutter diese Gebete hörte. Ich war mir sicher, dass sie verstehen würde, was vor sich ging, fürchtete aber, sie könnte aufgeben anstatt weiterzukämpfen. Es kam mir vor wie Verrat, die kalten Hände des Pfarrers, die das Kreuzzeichen machten, während sie noch atmete. Sollen wir dich etwa *so* gehen lassen, Mama?

Bevor die Nacht in die Morgendämmerung überging, bat mein Vater mich, den Raum zu verlassen. «Mama wollte nicht, dass du dabei bist, wenn es so weit ist.» Er sagte das ganz ruhig, während er Agneses Hand drückte und neben ihr lag, um ihr möglichst viel von seiner Wärme abzugeben.

Ich küsste meine Mutter und verließ das Zimmer. In der Küche ließ ich mich auf den Stuhl sinken und wartete auf den Schnee. Ich dachte an den winzigen Schritt zwischen Sein und Nicht-mehr-Sein, ich dachte an das Wunder, ich nickte ein.

Naiverweise glaubte ich immer, sterben sei leicht, fast zu leicht. Aber wir werden von nichts verschont – unter Schmerzen werden wir geboren, unter Schmerzen sterben wir. Ein Happy End gibt es nicht.

Nach unendlich langer Zeit rief mich mein Vater. Wir gingen zusammen ins Schlafzimmer, ich berührte ihre Hand, sie war kalt. Das Wunder – dieses eine Wunder – war nicht eingetreten.

Gute Reise, Mama.

10

Jetzt, da du alles weißt

Es beginnt zu schneien, der Himmel, der sich stundenlang zurückgehalten hat, löst sich endlich in leichte Flocken auf. Agnese heißt *rein*. Wir kleiden Mama ganz in Weiß, sie hat diese Farbe immer sehr gemocht.

Dann folgt das Organisatorische: Verwandte anrufen, die Beerdigung vorbereiten, den Sarg auswählen, Damast ja oder nein, die Trauerfeier gestalten, Musik ja oder nein, beerdigen oder verbrennen, Dankeskarten schreiben, Blumen ja oder nein, Hände drücken, bei der Verstorbenen wachen, den Rosenkranz beten, Beileidsbekundungen ertragen, sich hinter einer riesigen Sonnenbrille verstecken, obwohl es dunkle Februartage sind.

Mein Vater und ich agieren wie in Trance, es ist eine Abfolge einzelner Taten, Gesten und Worte, die ich einen Tag später nicht wiederholen könnte.

Am Abend vor der Beerdigung kommt Tancredi. Er entschuldigt sich, dass er es nicht schon früher geschafft hat, dann entschuldigt er sich noch mal, und noch mal, wie schon tausendmal am Telefon.

«Tut mir leid, Schatz, ich wollte ja ... Ich habe ganz oft an dich gedacht.»

«Natürlich.»

«Aber du weißt ja, die Arbeit ... Das verstehst du doch?»

«Klar.»

«Vielleicht war es ja auch besser so, dass ihr drei unter euch wart.»

«Genau.»

«Früher wäre es wirklich nicht gegangen, ich habe mich beeilt.»

«Noch später hätte es ja auch wenig Sinn gehabt.»

Ich stelle fest, dass ich bei ihm die gleichen Floskeln verwende wie bei Verwandten, deren Existenz ich einfach ignoriert habe. Verwandte, die ans Sterbebett traten, und ich mich fragte, warum sie Mama eigentlich nicht besucht haben, als sie noch lebte.

Vor dem Gottesdienst füllt sich unser Haus immer mehr, und am liebsten würde ich mich vor meine Mutter stellen und sie beschützen, ich möchte nicht, dass man sie in diesem Zustand sieht. Bitte stört sie nicht, sie schläft.

Es sind auch viele Kinder da. Ich muss immer wieder daran denken, dass meine Mutter diesen Kindern geholfen hat, zur Welt zu kommen, sie hat sie auf ihrem Weg ins Leben begleitet, und jetzt begleiten sie sie auf ihrem Weg in den Tod. Viel zu früh allerdings.

Es ist schon seltsam, jetzt entdecke ich auf den Gesichtern der Leute genau den Ausdruck, den ich sonst aufsetze, wenn mir jemand besonders leid tut.

Dann geht alles ganz schnell, wie auch die Prozession, die das kleine Dorf durchquert. Ganz vorn der Sarg, Tancredi neben meinem Vater, meinen Tanten und Onkeln, ich folge mit einigem Abstand, denn, damit das klar ist: Ich möchte mit dem Ganzen hier nichts zu tun haben.

Könnte die Zukunft mich anrufen, würde sie mir sagen, was ich schon weiß: Gefühle lassen sich nicht einfach ausknipsen, es bedarf eines gewissen Trainings, um sich an die Abwesenheit eines Menschen zu gewöhnen.

Endlich wieder zu Hause. Jetzt sind wir allein, mein Vater, Tancredi und ich. Wir setzen das Wasser für die Nudeln auf, es ist Abendessenszeit – um den Hunger geht es dabei nicht, eher darum, die Zeit totzuschlagen. Ich sage zu Papa, dass ich noch mindestens eine Woche bleiben werde, der Entschluss steht fest. Ich will mir gar nicht vorstellen, wie er hier alleine bleibt, an einem Tisch mit einem leeren Platz, in einem viel zu großen Bett.

Er sagt natürlich, das ist nicht nötig, andererseits fehlt ihm die Kraft, sich meiner Entscheidung zu widersetzen. Wir unterhalten uns noch ein bisschen, dann geht er schlafen. Er drückt mich fest an sich und schließt die Tür hinter sich.

Ich bin froh, dass Tancredi hier ist. Vor lauter Erschöpfung vergesse ich meinen Unmut der letzten Tage und umschlinge seinen Hals. Ich brauche einfach nur zwei starke Arme, in die ich mich fallen lassen kann, sonst nichts.

In den folgenden Tagen erledigen wir den bürokratischen Kram und versuchen auch, uns ein wenig zu entspannen. Wenn mein Vater oder ich weinen, tun wir das heimlich – die typische Verschämtheit der Bergvölker eben. Tancredi unterstützt mich, so gut er kann, aber eigentlich ist er nicht in der Lage, meinen Schmerz aufzufangen.

Er schafft es sogar, ausnahmsweise mal keine Fotos zu schießen, denn auch ihm ist klar, kein noch so hochwertiger Kunstgriff könnte die Realität in ein angenehmeres Licht rücken. Grau ist die vorherrschende Farbe dieser Winternachmittage.

Ein paar Tage später sagt Tancredi, er müsse wieder fahren, wie ich es schon geahnt habe. Ich versuche nicht, ihn zurückzuhalten, es würde sowieso nichts bringen. Mein Vater ist ebenfalls verwundert, und auch ohne mir ins Gesicht zu blicken, sieht er mir die Enttäuschung an. Aber er sagt nichts, es ist nicht seine Art, sich in solche Dinge einzumischen.

Ich begleite Tancredi zum Parkplatz unweit von unserem Haus. Als wir uns verabschieden, bemerke ich eine neue Verlegenheit zwischen uns, als wären wir dieser Nähe plötzlich nicht mehr gewachsen.

Während ich wieder zurückgehe und dabei Fußstapfen im Schnee hinterlasse, denke ich, das hat nichts mit ihm zu tun, auch nichts mit uns, es sind einfach die Umstände.

Ich stelle mir ein Leben ohne Tancredi vor, doch bei dem Gedanken wird mir ganz schwindelig. Ich würde es nicht schaffen – eben wurde die Nabelschnur zu meiner Mutter gekappt, die Wunde pulsiert noch immer, noch so einen Schnitt möchte ich mir wirklich nicht vorstellen.

Auf einmal – ich weiß gar nicht, wie ich darauf komme – fällt mir Aruns Geschichte ein, seine erlittenen Verletzungen, und wie er es geschafft hat, immer wieder aufzustehen. Ich muss an unseren letzten Abend denken, an seine Liebeserklärung ohne Wenn und Aber. Gut möglich, dass er jetzt nur ein paar Kilometer entfernt ist, er hat in dieser Gegend ja mal gewohnt. Doch noch immer frage ich mich, warum er mich angelogen hat.

Als könne er Gedanken lesen, ruft er mich am selben Abend an.

Mein Vater und ich sitzen in der Küche und sehen uns irgendeine dämliche Sendung im Fernsehen an, als mein Handy klingelt. Ich muss es erst suchen, und als ich dann die Nummer sehe, schlägt mein Herz Purzelbäume. Ich gehe aus dem Zimmer, weiß aber nicht recht, ob ich überhaupt rangehen soll.

Bevor ich zu einer Entscheidung komme, ist mein Finger schon einer mysteriösen Eingebung gefolgt und hat die Taste mit dem grünen Hörer gedrückt.

«Anita, ich bin's, Arun.» Seine Stimme ist voller Wärme.

«Ciao, Arun.» Meine dagegen klingt metallisch wie die Standardansage eines Anrufbeantworters.

«Ich musste viel an dich denken. Am liebsten hätte ich dich ständig angerufen, aber ich wollte dir Zeit geben, damit du über das nachdenken kannst, was ich dir neulich gesagt habe.»

Schweigen.

«Ich wollte wissen, wie es dir geht, ob deine Mutter ...»

Ich unterbreche ihn. «Arun, bitte, es passt mir gerade überhaupt nicht, tut mir leid.»

«Ist etwas passiert?» Er ist verstört.

«Nein, ich habe nur keine Lust zu reden, ich habe gerade ganz andere Sorgen, sorry ...»

«Das tut mir leid, Anita. Kann ich dich vielleicht später anrufen, oder morgen?»

«Arun, ich mache gerade eine schwierige Zeit durch. Vergiss es einfach und lösch bitte meine Nummer.» Meine Stimme zittert, vor Wut und vor Bedauern. Was tue ich da gerade? Und warum? Aber jetzt ist es schon zu spät.

«Anita, habe ich irgendetwas falsch gemacht? Ich ... Ich wollte doch nur, dass du weißt, was ich für dich empfinde. Wenn ich dich verletzt habe, dann tut es mir leid, wirklich, ich wollte nicht ...»

«Nein, bitte! Wenn ich dir etwas bedeute, wie du sagst, dann lass mich in Ruhe.»

Langes Schweigen.

«Wie du willst. Falls du es dir anders überlegst, meine Nummer hast du ja. Fühl dich umarmt, Anita. Lebe das Leben, das du dir verdient hast. Du bist stärker als irgendwelche Hexereien.»

«Ciao, Arun, mach's gut.» Ich lege auf und beginne hemmungslos zu weinen. Als würden Deiche brechen, als hätte ich seit Monaten auf nichts anderes gewartet. Oder seit Jahren. Erst jetzt wird mir klar, wie tief Arun mein Inneres berührt hat.

Könnte die Zukunft mich anrufen, würde sie mir sagen, dass meine Augen von jetzt an für eine Weile trocken bleiben werden. Schmerz braucht viel Zeit, bevor er sich einen Weg zu den Tränen gebahnt hat.

Dann wünsche ich meinem Vater eine gute Nacht, gehe auf mein Zimmer und beginne zu schreiben – das ist das Einzige, was hilft, um mich wieder zu fangen.

Obra di Vallarsa, 15. Februar 2014

Mama,
ich nehme an, jetzt weißt du Bescheid. Du weißt, dass alles, was in den Mails der letzten Wochen stand, gelogen war. Mit der Beziehung zu Tancredi geht es den Bach runter. Ich werde versuchen, sie zu retten, klar, und vielleicht heiraten wir ja tatsächlich noch, auch wenn das im Moment nur schwer vorstellbar ist. Ich weiß nicht, wie es mit uns weitergeht, aber so harmonisch, wie ich es dir beschrieben habe, ist es jedenfalls nicht. Die Arbeit in der Agentur ist auch nicht gerade ein Traumjob, ganz im Gegenteil. Sie ist unterbezahlt und öde, mein

Chef beachtet mich gar nicht, wahrscheinlich kann er sich nicht mal meinen Namen merken.

In den letzten Monaten hatte ich immer wieder mit Angst zu kämpfen. Da war keine Zuversicht in meinem Leben, keine Leichtigkeit, wie ich es dir vermitteln wollte, nichts von alledem. Es war der Horror, Mama. Ich hatte Angst vor dem, was kommen würde, was aus mir werden würde.

Ich habe deinen Tod überlebt, und das ist schon ein kleiner Sieg.

Jetzt ist es also raus. Auch wenn du wahrscheinlich schon längst weißt, dass nicht alles rosarot ist. Denn da, wo du jetzt bist, kannst du mich bestimmt beobachten und alles mithören. Also bitte verzeih mir die albernen Lügen, ich konnte nicht anders.

Aber du bist ja auch nicht ohne! Erst vor ein paar Wochen meintest du noch zu mir: «Eigentlich möchte ich dich gar nicht gehen lassen.» Klingt wie ein schlechter Witz. Schließlich warst du es, die kurz darauf einfach gegangen ist! Du hast mich hier zurückgelassen. Wird nicht leicht sein, dir das zu verzeihen. Ich habe mich schützend vor dich gestellt, zwischen dich und diese unheilvollen Prognosen, ich habe mein Herz genommen und auf dich gewettet, alles auf eine Zahl gesetzt, ohne zu zögern. Und du? Du hast diesen blöden Ärzten recht gegeben und diesen feigen Zellen auch, die dich kaputt gemacht und einfach mitgenommen haben.

Was sollen Papa und ich denn jetzt machen? Schon jetzt, nach ein paar Tagen, wissen wir nicht, was wir miteinander reden sollen. Wir sehen uns nur müde an.

Aber eines ist mir inzwischen klargeworden. Ich muss mich auf den Schmerz einlassen, muss ihn verschlingen, über meine Hände soll er sich ergießen, meine Augen soll er ausfüllen, in jeden Winkel soll er vordringen, seinen bitteren Geschmack will ich schmecken. Und dann, wenn er erst einmal ganz und gar in mir ist, kann ich ihn verdauen, ihn ausheulen, ausschwitzen, ihn unter Zittern ausschütteln, dann kann ich ihn in etwas anderes verwandeln: in Tränen und Spucke, in Galle und Schweiß. Vielleicht befreie ich mich so von ihm.

Wenn ich den Schmerz aber ignoriere, ihn verdränge, ihm den Rücken kehre, wenn ich so tue, als gehörte er nicht zu mir, wird er sich rächen. Er wird sich von hinten heranpirschen, sich auf mich stürzen, seine Klauen in meinen Rücken hauen und sich festbeißen.

Wird es jemals aufhören, Mama?

Es ist etwas seltsam, dir jetzt zu schreiben, wo du doch gar nicht mehr da bist. Wen meine ich eigentlich, wenn ich dir schreibe? Ein bisschen dich und ein bisschen mich, was für einen Unterschied macht das schon? Die Grenzen verschwimmen, ich sehe keine klare Linie, ich kann nicht sagen, wer ich bin.

Draußen scheint die Sonne, und es duftet nach

etwas, das mir sehr vertraut ist: nach aufgehängter Wäsche, die noch feucht ist, Düfte der Abwesenheit. Den Frühling wirst du dieses Jahr nicht erleben, nicht da oben. Du wirst nicht hier sein, wenn die ersten Schneeglöckchen und die ersten Levkojen sprießen werden, wenn der Kirschbaum den Schnee abschütteln wird, wenn ich samstagmorgens schöne Musik hören werde, bei weit aufgerissenen Fenstern. Du wirst nicht da sein, wenn ich ein neues Buch beginne, in der Sonne liegend, um mich ein wenig zu bräunen, du wirst nicht da sein, um mir zu sagen, dass UV-Strahlen schädlich sind. Vielleicht wird es Abende geben, da wird die Dunkelheit gar nicht so finster sein, und ich werde auf dem Balkon stehen, mich über die Brüstung beugen, runterschauen und dich rufen, und ich werde mir vorstellen, dass du gerade in der Küche stehst und einen Kaffee machst.

Als junges Mädchen malte ich mir die Liebe in den blühendsten Farben aus. Ich stellte mir verstohlene Küsse und sinnliche Berührungen vor. Ich dachte, wie schön es doch ist, sich vor Sehnsucht zu verzehren für eine flüchtige Begegnung, für einen nur angedeuteten Schwur.

So schöne Stimmungen kann ich jetzt nicht mehr heraufbeschwören, um zur Ruhe zu kommen, und mir fehlen diese Frühlingstage, als alles perfekt war und es so schien, als würde es ewig so weitergehen.

Wie du siehst, bin ich noch nicht wieder auf dem

Damm. Ich muss mich erst noch berappeln. Muss mit diesem fixen Gedanken von einem erfüllten, perfekten Dasein, das es so nie wieder geben wird, abschließen.
Bitte verzeih, wenn ich noch eine Zeitlang sauer auf dich sein werde. Es wird so lange dauern, bis ich mich damit abgefunden habe, dass du nicht mehr da bist.

Anita

Zwei Tage später kehre ich nach Turin zurück. Mein Vater fährt mich nach Rovereto zum Bahnhof. Es ist die schmerzhafteste Umarmung, die es je bei einem Abschied gegeben hat.

11

Allen Winden ausgesetzt

Und was passiert nach meiner Rückkehr nach Turin? Nichts.

Das Leben nimmt langsam wieder seinen Lauf, es ereignet sich nichts Aufregendes, es gibt keine Sonne, die mein Herz erwärmt, das kalt ist vor lauter Schwermut.

Vier Monate lang tippe ich auf der gleichen Tastatur herum, öffne und schließe die gleichen Fenster auf der Suche nach weiß Gott was für Antworten, ich denke die immer gleichen Gedanken, ich lenke mich auf die immer gleiche Weise ab und träume die immer gleichen Träume.

Wenn du wüsstest, wie müde ich mich fühle, Mama. Eigentlich immer.

Meine Tage verbringe ich mit Korrekturlesen, die Abende stopfe ich mit Filmen voll, um nicht nachdenken zu müssen. Ich warte auf Anrufe, die ich fürchte, sehne mich nach Einladungen, die ich ausschlage. Wenn das Telefon klingelt, schlägt mein Herz bis zum Hals – ich hoffe, Aruns Stimme zu hören. Dann fällt mir wieder ein, dass ich es ja war, die ihn darum bat, in Ruhe gelassen zu werden. Und das ist auch besser so.

Ich erfinde Ausreden, wenn ich keine Lust habe, mich zu verabreden, ich lege mir abends meine Klamotten für den nächsten Tag zurecht, ich stelle meinen Wecker immer auf dieselbe Uhrzeit. Ich habe keine Lust zu arbeiten, aber nichts zu tun ist auch keine Option, ich fühle mich schuldig, wenn ich nicht die richtigen Worte finde, um Papa zu trösten. Manchmal würde ich mich gerne an Tancredi klammern, weil ich viel Nähe brauche, aber dann drehe ich ihm im Bett doch wieder den Rücken zu, weil ich für mich sein will.

Ich versinke in Selbstmitleid. Das Verstreichen der Zeit macht mich wahnsinnig, mit Angst-Schrecken-Panik-Neid blicke ich auf die, die noch Großes vorhaben, die eine Familie planen. Mir kommen die Tränen, wenn ich eine schwangere Frau sehe. Mir kommen die Tränen, wenn ich an eine Zukunft mit Tancredi denke – eine Zukunft wäre es ja, aber was für eine? Ich kann mir nicht vorstellen, ihn zu verlassen, alles aufzugeben, Erinnerungen, Gegenstände, Fotos, die unseren bisherigen gemeinsamen Weg markieren. Ich bin alleine, und ich bin zu zweit, und ich kann wahre Gefühle nicht mehr von den trügerischen unterscheiden.

Ich traue meiner Intuition nicht mehr, ich hasse meine Augenfalten und gebe viel Geld für Cremes aus, ich fürchte, ich könnte mich im Spiegel nicht wiedererkennen, meine Klamotten könnten mir nicht mehr passen, es könnte zu spät sein, um Kinder zu kriegen. Ich fühle, dass ich nur mir gehöre und sonst niemandem.

Ich rede mir ein, ich sei frei, stelle aber fest, dass ich festgekettet bin an ein Bild von mir, das nichts mit mir zu tun hat. Ich fühle mich fehl am Platz, ich träume von endlosen Landschaften, scheue mich aber davor, mich auch nur ein paar Meter aus meiner gewohnten Umgebung wegzubewegen.

Alice hat gesagt, dass ich irgendwie so weit weg bin, dass ich ihr wie eine Schildkröte vorkomme, die sich in ihrem Panzer verkrochen hat. Sie wünschte, ich würde meinen Kopf herausstrecken, wenigstens kurz, damit sie mich streicheln kann, aber sie weiß nicht, wie sie mich dazu bringen soll. Das wüsste ich auch gerne.

Ich klammere mich an Rituale, die ich verabscheue, ich lege eine Unentschlossenheit an den Tag, die mich so manche Nacht wach hält. Ich schlucke Tabletten, um zu schlafen, und trinke zu viel Kaffee, um wach zu bleiben. Ich trage Klamotten, um keinem zu gefallen, ich ziehe mich aus, um allein zu bleiben.

Fast jede Nacht träume ich von meiner Mutter. Manchmal sind es schöne Träume, durchaus tröstliche, sie sagt: «Mir geht's gut, ihr seid die, die durch den Nebel irren.» Andere sind weniger schön, es sind die Tage kurz vor ihrem Tod, sie ist heiter, wie es so ihre Art war, aber ich weiß, ihre Tage sind gezählt, und ich habe keine Ahnung, ob ich es ihr sagen oder verheimlichen soll.

Jeden Tag rufe ich Papa an. Er bemüht sich, möglichst entspannt zu klingen, und erzählt, wie er seine Tage als Rentner verbringt, nämlich mit der Heuernte oder mit Freunden in der Kneipe, sie spielen dann Karten oder diskutieren ausführlich über Fußball. Wenn ich Zeit habe, besuche ich ihn.

Das erste Mal, als ich das Haus betrat in dem Wissen, dass Mama nicht mehr da sein würde, fürchtete ich, ich könnte in Tränen ausbrechen, doch meine Augen blieben trocken.

Bei der Arbeit läuft es auch nicht besser, und als ob das nicht reichen würde, setzt Alice noch eins drauf. Eines Abends komme ich nach Hause, ich fühle mich noch fertiger als sonst, und schlage ihr vor, eine Pizza zu bestellen, uns vor den Fernseher zu knallen und einen schönen Film anzusehen. Während wir auf die Pizza warten, nimmt meine Freundin all ihren Mut zusammen und meint:

«Ich muss dir etwas sagen, Anita.»

Nichts Gutes ahnend, sehe ich sie an – in letzter Zeit ist das, was ich zu hören bekomme, ja nicht unbedingt das, was ich hören möchte.

«Keine Sorge, nichts Dramatisches», beruhigt sie mich. «Michele und ich werden zusammenziehen, ab nächstem Monat, wir gehen nach Rom.»

Michele ist ihr Freund, ein zwei Meter großer Hüne, Basketballspieler, den sie vor ein paar Jahren auf einer Tierschutz-Demo kennengelernt hat. Ein seltsames Paar, aber glücklich.

«Und warum bist du nicht schon vorher damit rausgerückt?», frage ich grinsend.

«Keine Ahnung ... Ich weiß ja, du machst gerade einiges durch, und da wollte ich nicht, dass du auch noch traurig bist, weil ich ausziehe, ich fühle mich ja total wohl hier mit dir, aber dann hat Michele das mit dem Zusammenziehen vorgeschlagen, und ich ...»

«Du brauchst dich nicht zu rechtfertigen.» Ich umarme sie. «Natürlich finde ich es schade, dass du gehst, aber ich mag dich und bin glücklich, wenn du es bist, okay?»

Und das meine ich ernst. Auch wenn jetzt schon wieder ein geliebter Mensch einen Weg nimmt, der von mir und meinem vertrauten Umfeld wegführt.

Abschied – fast hat es den Anschein, als wolle mir das Leben zu diesem Thema gerade eine Lektion erteilen.

Es ist Ende März, als Tancredi und ich beschließen, ein Wochenende in Ligurien zu verbringen. Leider haben wir beide unsere Zweifel im Gepäck. Es sind träge Tage, die wir barfuß mit Spaziergängen am Strand verbringen. Wir reden über die Zukunft, obwohl wir nicht so recht davon überzeugt sind, dass wir eine haben, und wenn wir miteinander schlafen, gleicht es eher einer Turnübung. Es ist nicht so, dass es an Zärtlichkeiten fehlen würde, dennoch überwiegt das Gefühl von Frust. Tancredi hat große Schwierigkeiten mit meinen Launen, und ich habe Mühe, sie zu verbergen.

Eines Nachmittags sitzen wir auf den Felsen am Meer.

Wir betrachten den Sonnenuntergang, und ich spüre, wie die zunehmende Dunkelheit in mich hineinkriecht. Und plötzlich muss ich an die Weihnachten meiner Kindheit denken. Ich sehe es vor mir, Mama und ich sind in der kleinen Kirche von Obra und zünden eine Kerze an. Für einen Augenblick wird die salzige Meeresluft vom süßlichen Duft nach Wachs und Weihrauch verdrängt. Ich sehe meine kleine Gestalt im Kerzenlicht vor mir, daneben die meiner Mutter, groß und tröstlich, sie werfen lange, zitternde Schatten an die nackte Wand. Ich denke an den Schlitten draußen vor der Kirche, mit dem wir dann über die verlassenen Felder fahren. Wir gleiten über weiße Schneeflächen, der Mond strahlt hell, es herrscht eine Stille, die nur vom Glockenläuten im Tal unterbrochen wird.

In der magischen weihnachtlichen Atmosphäre sind wir beide die einzigen Zeugen einer Welt, die nur in dieser Nacht existiert. Wir lassen uns langsam treiben, bis Kälte und Müdigkeit siegen. Erst dann eilen wir nach Hause und wärmen uns auf, die Hände gerötet, die Augen tränend vom Fahrtwind unserer wilden Abfahrten, während die Mandarinenschalen auf dem Ofen den Raum mit ihrem Duft erfüllen.

«Anita?» Tancredi holt mich in die Realität zurück. Jetzt sitze ich wieder neben ihm, die Brandung wütet gegen die Felsen. «Anita, du musst damit aufhören!»

«Womit denn?», frage ich und tue so, als wüsste ich nicht, wovon er spricht.

«Mit deinen ständigen Grübeleien. Du kannst deiner

Mutter nicht ewig hinterhertrauern. Ich bin mir sicher, auch sie würde ...»

«Oh, daran habe ich keine Zweifel», fahre ich ihm ins Wort. «Du bist dir ja bei allem immer so sicher. Du hast schließlich die Weisheit mit Löffeln gefressen!» Ohne eine Antwort abzuwarten, stehe ich auf und stapfe zum Hotel.

Hinterher habe ich es dann bereut. Vielleicht hat er ja recht. Vielleicht wollte er mich nur aufbauen. Aber ich ertrage seinen Ton nicht, es klingt, als hätte er immer eine Lösung parat, als hätte er schon eine Antwort, noch bevor er weiß, worum es überhaupt geht.

Früher gefiel mir seine selbstsichere, direkte Art. Aber jetzt ... Was ist passiert?

Vielleicht sollte man sich lieber flüchtige Liebschaften suchen statt eine feste Bindung einzugehen, in der die Liebe zunächst ein bisschen wächst, sich aber auch schnell abnutzt, ein bisschen wärmt, aber auch schnell erkaltet.

Ich weiß doch auch nicht. Tancredi und ich sind zusammen erwachsen geworden, er ist immer präsent, in jeder Erinnerung. Ihn zu verlieren wäre so, als würde man mir die Bedienungsanleitung für das Leben nehmen.

Von ihm habe ich gelernt, Auto zu fahren, Ski zu fahren, stundenlang herumzustehen und zu warten, bis ein Wald in das perfekte Licht getaucht ist. Im Gegenzug konnte ich seinen Geltungsdrang ein wenig bändigen, ich konnte ihm zeigen, dass man eine Reise auch dann genießen kann, wenn man nicht auf Teufel komm raus als Erster sein Ziel erreicht.

Wir klammerten uns an dieselbe Vorstellung von der Zukunft wie zwei Alte, die sich auf denselben Gehstock stützen. Bis wir plötzlich feststellen mussten, dass wir eine unterschiedliche Gangart haben. Ein Hindernis hatte sich mir in den Weg gestellt, und ich bin gestürzt. Jetzt habe ich den Eindruck, dass sich Tancredi schwertut, sein Tempo zu drosseln, dass mein plötzliches Humpeln für ihn wiederum zum Hindernis wurde.

Ich erkenne bei ihm dieselben Ängste wie bei mir, dieselbe Hast, sich nach dem Sex wieder anzuziehen, dieselbe Wut darüber, dass wir die sonnigen Tage nicht festhalten konnten, dass es nicht mehr ist wie damals in unserem ersten gemeinsamen Griechenlandurlaub, als alles sommerlich war, ohne Stress und ohne Barrieren.

Vielleicht läuft es ja immer so. Mit der Zeit verblasst die Verliebtheit, und plötzlich, eines Morgens, stört einen der Geruch des Menschen, der neben einem schläft, und beim Frühstück ist man genervt von seinem geräuschvollen Kauen. Man liebt die kleinen Schwächen des anderen nicht mehr.

Ich weiß aber nicht, wann es passiert ist, wann genau mich sein Schnarchen nicht mehr amüsiert hat und mich seine etwas platten Witze nicht mehr zum Schmunzeln gebracht haben. Wir haben uns in die Augen gesehen und unseren Blick abgewandt. Denn in dem, was wir da vor uns sahen, erkannten wir lediglich eine verzerrte Version unserer selbst.

Könnte die Zukunft mich anrufen, würde sie mir ein Geheimnis verraten: Alles verändert sich. Alles verändert sich trotz unseres ständigen Drangs, die Zeit anzuhalten. Und wenn man selbst nicht in der Lage ist, eine Entscheidung zu fällen, übernimmt das Leben das für einen.

Ich muss oft an Arun denken, dagegen bin ich machtlos. An seine Worte, seine kindlich anmutenden Sätze, die er so stolz vorträgt, an den Tag, an dem er sagte: «Ich bringe dich an einen schönen Ort», an seine Art zu fragen: «Was denkst du gerade?» – und an mein Herzklopfen damals im Auto, als die Nacht ihren Mantel über uns legte und wir unsichtbar wurden.

Nach dem Wochenendtrip mit Tancredi hätte ich beinah meinem Wunsch, Arun anzurufen, nachgegeben. Ich hatte das Telefon schon in der Hand, aber als ich die Kontaktliste bis zu seinem Namen nach unten scrollte, fiel mir wieder seine Lüge ein, seine Unaufrichtigkeit, und dass sich mein Leben nur unnötig verkomplizieren würde.

Obwohl ich also alles tue, um ihn aus meinem Leben zu verbannen, schwanke ich von Tag zu Tag mehr, was meine Gefühle angeht, ich bin hin und her gerissen zwischen einer beständigen, doch mit der Zeit verblichenen Liebe und einer Sehnsucht, von der ich weiche Knie bekomme. Eine Sehnsucht, die ich mir aus dem Kopf zu schlagen versuche seit dem Tag, als ich Arun Lebewohl gesagt und aufgelegt habe.

Jeder Gedanke an Arun gibt mir das Gefühl, am Bug eines Schiffes zu stehen, das den Windböen und der unbändigen Kraft des Meeres ausgesetzt ist. Tancredi dagegen ist wie eine Bucht, ein sicherer Ort ohne Risiko, ohne die Gefahr, auf stürmischer See ins Wanken zu geraten.

Ich versuche, die Stimme in meinem Kopf zu ignorieren, die mir sagt, dass festgefahrene Gewohnheiten manchmal mehr Schaden anrichten können als eine stürmische Versuchung.

Eines Sonntags ist es dann so weit. Ich betrachte mich im Spiegel und erkenne mich nicht wieder. Ich bin grau. Total grau. Das Gesicht, die Haare, sogar meine Augen, die einmal von einem schönen leuchtenden Blau waren. Ich sehe aus, als wäre ich eben einem Schwarzweißfilm entstiegen. Seit wann kümmere ich mich eigentlich nicht mehr um mein Äußeres? Ich bin so beschäftigt mit meinem Seelenleid, dass ich anscheinend den Kontakt zur Außenwelt verloren habe.

Und so kommt es, dass mein Leben – nicht ohne Grund – eine Wende nimmt.

Ich habe Tancredi zum Abendessen eingeladen. Ich habe beschlossen, ihn ausnahmsweise mal nicht im ausgeleierten Pulli und in Puschen zu empfangen. Nachdem ich seine Lieblingslasagne, Roastbeef und Kartoffeln in den Ofen geschoben habe, mache ich mich schick. Ich ziehe ein hübsches Kleid an, hellblau, figurbetont und mit weitem Ausschnitt. Ich stecke meine Haare hoch, schminke mich, trage neben dem üblichen Eyeliner auch einen

Hauch Lidschatten und leicht schimmernden Lippenstift auf. Ich bin fest entschlossen, die verkorkste Situation zu entkrampfen.

Ich lege langsame Musik auf und dimme das Licht herunter – als würde ich die Regeln aus einem Ratgeber für das erste Date befolgen.

Um halb neun kündigt eine SMS von Tancredi seine Verspätung an, was vorauszusehen war. Als er dann endlich kommt, schlüpfe ich schnell in die hochhackigen Schuhe, die ich nach der SMS wieder ausgezogen hatte, und schiebe meinen Groll beiseite. Ich umarme ihn so stürmisch wie schon lange nicht mehr, werfe mich an seinen Hals und bedecke seinen Mund mit Küssen. Er ist halb geschmeichelt, halb verlegen wegen dieser außerplanmäßigen Gefühlswallung.

Er sagt: «Du siehst schön aus», und ich denke, der Abend fängt ja ganz gut an. Ich zünde eine Kerze an, und wir unterhalten uns mehr oder weniger angeregt, wobei die Betonung auf *weniger* liegt, weil uns schon nach einer halben Stunde der Gesprächsstoff ausgeht. Die Lasagne ist gegessen, und nicht einmal der Rotwein löst unsere Zungen, denn Tancredi nippt nur ein bisschen daran – er muss schließlich morgen früh aufstehen und fit für die Arbeit sein!

Nach ein paar Schlucken gehe auch ich zum Mineralwasser über.

Alegría, wie ein Lichtblitz des Lebens …

Heute Abend kommt mir der Refrain vor wie blanker Hohn.

Als wir bemerken, dass die CD jetzt schon zum zweiten Mal wieder von vorn beginnt, und wir auch schon mit etlichen Smalltalk-Themen wie dem Wetter durch sind, stellt Tancredi die alles verändernde Frage: «Wollen wir nicht den Fernseher einschalten?»

Tancredi bedeutet *guter Ratgeber*, und diesmal hat er mir, ohne es zu wollen, den entscheidenden Tritt in den Hintern verpasst. Ich erstarre kurz – die Sportnachrichten, die jetzt also laufen, und das Klappern des Bestecks wirken durch unser Schweigen nur noch lauter –, dann sage ich: «Tancredi, es ist aus.»

Er sieht mich an, als würde er mich zum ersten Mal sehen, seine Gabel verharrt in der Luft. «Wie bitte?»

«Du weißt so gut wie ich, dass es keinen Sinn mehr hat zusammenzubleiben.» Jetzt, wo es raus ist, stelle ich fest, dieser Satz steht schon lange in irgendeinem Winkel meines Gehirns auf Abruf bereit.

Nicht, dass es nicht schmerzhaft wäre. Es ist, als wäre die Brücke abgerissen, die mich mit dem sorglosen Leben des jungen Mädchens verband, das ich einmal war. Als würden die Griechenlandurlaube mit einem Schlag in weite Ferne rücken, die Nachmittage auf dem Motorrad, die Abende in inniger Umarmung auf dem Sofa, die Fotos von Anita im Gegenlicht, der grazilen Zwanzigjährigen mit dem honigfarbenen Haar. Die Nächte, in denen wir uns liebten, in diesem Zimmer mit dem Mahagoni-Hochbett.

Was bleibt?

Das bleibt: ein unregelmäßiger Herzschlag, ein Film,

aus dem Pausen und bedrückendes Schweigen herausgeschnitten wurden.

Tancredi steht auf. Er geht durchs Zimmer, doch es sieht aus, als wäre er in der Dunkelkammer in seinem Kopf damit beschäftigt, meinen Worten einen anderen Sinn zu geben – die unheilvollen Farbnuancen zu entfernen, mehr natürliches Licht herauszuarbeiten und den Kontrast abzuschwächen zwischen dem einstigen Liebesglück und meinen Worten, hingekotzt wie nach einer üblen Sauferei.

«Es ist besser, wenn wir uns jetzt trennen, als gute Freunde, bevor wir uns gegenseitig fertigmachen. Irgendwie liebe ich dich ja, Tancredi, aber es ist nicht die Art von Liebe, die uns eine gemeinsame Zukunft ermöglichen würde. Du magst mich auch, ich weiß, aber das reicht nicht, um zusammenzubleiben. Im Moment gibt es kein Wir. Nur zwei Ich, die ziemlich neben der Spur sind und erst mal wieder zu sich selbst finden müssen.»

«Aber wir haben doch von Heiraten gesprochen, von Kindern ... Wir könnten es doch noch mal miteinander versuchen, Anita.»

«Wir haben es doch schon tausendmal versucht, Tancredi. Wir haben uns langsam, aber sicher voneinander entfernt, nur dass wir es uns nicht eingestanden haben, das weißt du genauso gut wie ich. Wir haben uns nichts mehr zu sagen, wir suchen Ausflüchte, damit wir uns so wenig wie möglich sehen, und wenn wir miteinander schlafen, ist da keine Leidenschaft mehr. Keiner von uns ist daran schuld, oder wir sind es beide, ich weiß doch auch nicht. Aber so ist es nun mal. Wenn wir uns jetzt trennen, können wir die schönen Dinge, die wir zusammen erlebt haben, noch in guter Erinnerung behalten.»

Wie sagen sich kluge Menschen Lebewohl? Sie verteilen nach einem Streit die Schuld auf beide, wie unter netten Nachbarn.

Zwischendurch dachte ich, ich habe dich geliebt wie eine rettende Hand, die mich vor dem Nichts bewahrt, als gäbe es außer dir nichts als die Finsternis.

Ich dachte, Anita, wenn das Schiff dem Untergang geweiht ist, lass es sinken, hör auf, gegen die Strömung anzukämpfen, du hast schon so viel Energie vergeudet, schluck das Salzwasser, erwarte nicht, dass du alles kontrollieren kannst. Hol tief Luft, tauche ein und dann, hinterher, spuck alles aus!

Wirst schon sehen, irgendwann kannst du dich über Wasser halten, vielleicht kommt auch zufällig jemand mit einem Floß vorbei und hilft dir. Wer weiß, wohin es dich verschlägt, wenn du überlebst und wieder festen Boden unter den Füßen hast. Vielleicht stößt du auf eine unbekannte Vegetation, auf nie gesehene Tiere, auf fremden Wein, der dir die Sinne benebelt. Nach dem Salz kommt süßer Nektar, ganz bestimmt. Aber jetzt musst du aufpassen, dass dir die Puste nicht ausgeht. Lass es einfach geschehen.

Er weiß überhaupt nicht, was er sagen soll. Sosehr er sich auch bemüht, sein geübtes Auge kann die Realität nicht scharfstellen, es kann sie nicht in die Farbe tauchen, die für einen Neuanfang nötig wäre.

Mühsam bringt er hervor: «Vielleicht hast du recht. Du warst ja schon immer die Mutigere von uns beiden. Ich hab nur so eine Scheißangst, wenn ich daran denke, ohne dich zu sein ... Ich weiß, dass es zwischen uns schon länger nicht mehr so gut läuft, aber wenn wir uns anstrengen, wer weiß, vielleicht wird es dann besser ...»

«Nein, Tancredi, das wird es nicht. Bei der Liebe – bei *dieser Art* von Liebe – geht es nicht darum, *besser* zu werden. Entweder sie ist da, oder sie ist nicht da. Es ist sinnlos, etwas zu erzwingen. Ich habe doch auch Angst, du warst so lange Zeit mein *Zuhause*, und jetzt kommt es mir so vor, als hätte ich kein Dach mehr über dem Kopf. Aber vielleicht es ja ganz gut, wenn man sich mal nach draußen wagt, auch wenn man dabei Regen und Kälte abkriegt. Alles, was uns bisher ausmachte, wird uns fehlen, und es wird auch noch eine ganze Weile weh tun. Aber den Ort, zu dem wir zurückwollen, gibt es sowieso nicht mehr.»

Er kommt zu mir und umarmt mich so fest, dass ich kaum Luft kriege. So bleiben wir lange stehen, ohne zu sprechen. Ängstlich, verzweifelt, erschöpft. Erleichtert.

Dann schlüpft er zur Tür hinaus, wortlos. Ich bin ihm dankbar dafür.

Ich lasse mich aufs Sofa fallen und schleudere diese blöden Stöckelschuhe weg.

Wie schwierig ist es doch, in allem einen Sinn zu sehen. Manche Beziehungen, an denen man um jeden Preis festhalten will, gehen in die Brüche oder verändern sich von alleine. Andere muss man selbst beenden, auch wenn es viel Überwindung kostet. Ich habe geglaubt, Tancredi wäre der Mann meines Lebens. Jetzt weiß ich, wir sind nicht zwei Hälften eines Ganzen, wir sind nicht kompatibel. Und das, was gestern noch richtig war, ist heute falsch, weil alles ständiger Veränderung unterworfen ist, aber sich selbst treu zu bleiben, ist die Voraussetzung für jede Form von Liebe.

Als ich aus meinem benebelten Zustand wieder auftauche, stelle ich fest, es ist tiefe Nacht, und die Sportsendung längst zu Ende.

Könnte die Zukunft mich anrufen, würde sie mir sagen, dass gewisse Schmerzen im Leben notwendig sind wie das Beschneiden eines Apfelbaums im Frühling.

12

Die Bank bei Marrakesch

Der Sommer kommt, und ich habe mich verkrochen samt meiner Blessuren und der vielen zerbrochenen Einzelteile, die ich wieder zusammenfügen muss. Nicht gerade meine Stärke, ich halte mich bei so etwas lieber raus und warte, bis die Zeit so manches richtet. Wenigstens das hätte ich verdient.

Tancredi fehlt mir, ich fühle mich, als hätte man mir nach einem Unfall ein Bein amputiert, gleichzeitig weiß ich, was verloren ist, ist verloren. Ein paar Freundinnen versuchen mich zu überreden, abends wegzugehen, doch auf diesem Ohr bin ich taub, und so lehne ich jede Einladung konsequent, aber höflich ab.

Bis der Juli kommt, und damit ein Ereignis, vor dem es kein Entrinnen gibt: der Junggesellinnenabschied meiner besten Freundin.

Eines Abends steht Alice vor der Tür, ohne vorher anzurufen, aus Angst, ich könnte wieder irgendeine Ausrede parat haben. So wie sie mich begrüßt, ahne ich, dass sie etwas im Schilde führt. Sie umarmt mich – wir haben uns eine ganze Weile nicht gesehen.

«Ich möchte dich um etwas bitten», meint sie und drückt meine Hand.

«Ich bin ganz Ohr», erwidere ich lächelnd.

«Würdest du meine Trauzeugin sein? Du bist meine beste Freundin, das kannst du mir nicht ausschlagen.»

Ich brauche erst gar nicht zu antworten. Wir umarmen uns, und ich versichere ihr, dass ich mich geehrt fühle, eine so wichtige Aufgabe zu übernehmen.

«Da ist noch was ...» Jetzt grinst sie auch noch verschmitzt, ich ahne also nichts Gutes. «Wenn du unsere Trauzeugin bist, musst du natürlich auch beim Junggesellinnenabschied dabei sein.»

Ich wusste, dass es da einen Haken gab. Denn es geht eben nicht darum, loszuziehen, sich zu betrinken und die Sau rauszulassen, nein! Wenn Alice etwas anpackt, dann schon richtig, und so hat sie beschlossen, mit ihren vier besten Freundinnen für eine Woche nach Marokko zu fahren.

Was folgt, ist eine Reihe von *aber* und *das geht doch nicht*, ich erkläre ihr: Ich müsse doch arbeiten, ich hätte doch kein Geld für so was, meine schlechte Verfassung würde sich negativ auf die Gruppendynamik auswirken – nichts zu machen. Sie kontert: Wir würden doch erst im August fliegen, da hätte ich doch sowieso immer Urlaub, Geld sei nicht das Problem, es sei ein Superschnäppchen und sie werde sich am Flug beteiligen, und was meine Verfassung angehe: «Das wird dir guttun», da sei sie sicher!

Und so stehe ich ein paar Wochen später vor dem gepackten Koffer, es ist der Morgen des 18. August. Meine Hoffnung, die Windpocken oder eine andere hoch ansteckende Krankheit würden mich heimsuchen, ehe es losgeht, hat sich nicht erfüllt.

Kurz darauf sitze ich schon im Flugzeug von Mailand nach Marrakesch, zusammen mit Alice und den drei anderen im Bunde. Roberta kenne ich schon ewig, sie hat Kulturwissenschaften studiert, und wir hatten schon viel Spaß zusammen. Ich freue mich, sie wiederzusehen, und natürlich strahlt sie wie eh und je. Giorgia habe ich nur ein paarmal getroffen, aber dank Alice bin ich bestens informiert über ihr Liebesleben, eine Mischung aus *Sex and the City* und *Eiskalte Engel.* Dann wäre da noch Stefania, sie ist Schauspielerin wie Alice, total überdreht, mit übertrieben dick getuschten Wimpern, allzeit nervösen Händen und immer in der Rolle als neurotische Primadonna.

Wir sind ein ganz nettes Quintett, so unterschiedlich wie eine wild zusammengewürfelte Schulklasse. Aber es herrscht eine große gegenseitige Sympathie, was ich so nicht erwartet hätte, wobei wir natürlich alle Alice eine unvergessliche Woche schenken wollen.

Die ersten zwei Tage sind wir in Marrakesch. Wir gehen fast ein vor Hitze, aber die Schönheit dieser nordafrikanischen Stadt berührt meine Seele. So arm und doch so üppig und stolz wie ihre blühenden Parks. Als sich der

Himmel bei Sonnenuntergang rot färbt, werden auf dem zentralen Marktplatz, Jamaa el-Fna, an den Essenständen die offenen Feuer entfacht. Das Gebrüll der Straßenhändler, Zahnklempner, Schlangenbeschwörer und Saftverkäufer wird zusehends lauter. Wir tauchen ein in diese Welt voller Verführungen, in die leuchtenden Farben auf dem Markt in der Altstadt, den Duft nach Leder und perfekt gereiftem Obst, die unermüdliche Emsigkeit der Straßenhändler, das lachende Gekreische barfüßiger Kinder, die einen auffordern, ihnen in die Gässchen zu folgen, wo sie sich bestens auskennen.

So gelingt es mir, meinem Geist zumindest für kurze Zeit andere Nahrung zu geben und die schlimmen Gedanken zu vertreiben. Aber wenn ich dann abends die Tür meines Hotelzimmers hinter mir schließe und allein bin, sind sie wieder da, die üblichen Ängste, schön in Reih und Glied warten sie auf dem gemachten Bett auf mich. Sie haben auch einen Namen: meine Mutter – sie fehlt mir so sehr – und Tancredi – was macht er wohl, abends, ohne jemanden an seiner Seite, der ihm die Lasagne im Ofen aufwärmt oder vor seinem Kameraobjektiv posiert.

Tancredi ... Wir haben uns getroffen, ein paar Wochen vor meiner Abreise. Er hatte mich angerufen und gefragt, ob er kurz vorbeikommen könne, um ein paar Sachen von sich zu holen, im Gegenzug könnte er auch alles, was ich noch bei ihm habe, mitbringen – nach vielen Jahren als Paar vermischen sich die Leben, bis sie kaum mehr auseinanderzuhalten sind. Das Treffen war schwierig, auch ein wenig verkrampft. *Danke, ich will nicht stören, entschuldige, bitte.* Total übertrieben, hypervorsichtig, befremdlich. Distanziert. Als hätte es die unzähligen Nächte, in denen wir eine Einheit waren, nie gegeben.

Am liebsten hätte ich ihn zurückgehalten und ihn noch einmal umarmt, mich an seine nackte Haut geschmiegt. Ich habe ihn zur Tür begleitet und mit zwei Küsschen auf die Wangen verabschiedet. Er meinte noch: «Du fehlst mir», während er im Aufzug verschwand, sodass ich ihm nichts mehr entgegnen konnte.

Ich habe mich noch ein bisschen einsamer gefühlt als vorher, leer.

An Arun denke ich ebenfalls – und mein Herz macht einen Sprung –, an seinen Zettel, der noch immer in meiner Tasche liegt und mich jedes Mal zu ihm führt, sobald ich nach meinem Schlüsselbund oder einem Taschentuch krame.

Ich denke an alles, was mir Angst macht. Denn eine Reise, auch wenn sie noch so kurz ist, beraubt dich deiner täglichen Rituale, die dir Halt geben. Und dann hast du die Gespenster der Vergangenheit wieder vor dir, die du bisher ganz gut in Schach halten konntest, weil der tägliche Trott sie zurückgehalten hat.

Eine Reise muss nicht unbedingt in ferne Länder führen, damit wir zu uns selbst zurückfinden.

Am dritten Tag auf marokkanischem Boden verkündet Alice, dass sie eine Überraschung für uns hat – noch eine!

Sie hat einen Kleinbus samt Fahrer für einen Ausflug ins Landesinnere gemietet, um Orte fernab vom Massentourismus zu erkunden.

Im Morgengrauen sind wir alle frisch und munter und bereit für die bevorstehende Expedition. Wir starten mit einem Gefährt, das ungefähr so alt sein dürfte wie ich, sich optisch aber nicht so gut gehalten hat. Unser Fahrer ist Nabil, ein sympathischer junger Mann aus Fez. Mit von der Partie sind noch vier Franzosen vom Typ Rucksacktouristen, die auch keine Lust auf das übliche Touri-Programm haben. Nabil kennt diese staubige Gegend wie seine Westentasche. Er nennt uns Adressen, wo wir übernachten können, und gibt uns ein paar allgemeine Tipps. Ansonsten sind wir absolut frei, die Route sowie die Orte, die unser größtes Interesse wecken, selbst zu bestimmen. Wir beschließen, unsere Smartphones wegzustecken, auch Google Maps zu vergessen, und vertrauen auf Nabils vergilbte Karte – das Abenteuer kann beginnen.

Wir fahren nach Ouarzazate, dann noch weiter nach Süden in Richtung Algerien. Die Straßen werden immer staubiger, die marokkanische Wüste erstreckt sich bis zum Horizont – eine verlockende Einladung, alles hinter sich zu lassen. Rote, von der Sonne ausgedorrte Erde, und dann, ganz unerwartet, wundersam grüne Oasen, Balsam für mein angekratztes Herz. Wie die Heilmittel der dunkelhäutigen Berberfrauen, die mit ihren schwieligen Händen Kräuter für ihre Salben sammeln.

Ich stelle fest, es tut gut, sich einmal aus einer anderen

Perspektive heraus zu betrachten: ein sich bewegender Punkt an einem Horizont aus Sand und Dünen.

Abstand zu sich selbst gewinnen heißt zwar nicht, gesund zu werden, aber wie durch eine Kopfschmerztablette werden für kurze Zeit die Schmerzen vertrieben.

Am zweiten Tag sind wir schon im Morgengrauen mit Nabil verabredet. Geschlafen haben wir in einer sehr schlichten, aber hübschen Herberge, die von einer netten Familie betrieben wird. Schon als wir starten, beginnt die schwüle Hitze aufzusteigen und an unseren nackten, sonnenverbrannten Schultern zu kleben. Ich bin heute nicht sonderlich gut gelaunt.

Wir wollen zu einer Oase, die ungefähr hundert Kilometer entfernt ist. Im Bus sitze ich neben François, einem jungen Franzosen, und dessen riesigem Rucksack. Wir wechseln ein paar Sätze auf Französisch, wobei ich absichtlich schlecht spreche, weil ich mich lieber mit meinen Kopfhörern zurückziehe. Eigentlich mache ich das sonst nicht, ich möchte immer hören, was um mich herum passiert, aber jetzt will ich für mich sein.

Ich sehe aus dem Fenster und konzentriere mich auf die vorbeiziehende Landschaft. Aber diese beknackte Schwermut will davon nichts wissen und klebt an mir wie die lästigen Fliegen um mich herum. Und wie immer in solchen Situationen kehre ich zurück zu meinem Lieblingsplatz, zu meiner Bank am Waldrand. Ich stelle meinen Blick scharf und sehe die Berge, das helle Grün der Wiesen und jenes dunklere des Kirschbaums, dann kommt meine Mutter mit den Handschuhen und einem angedeuteten Lächeln zu mir und trocknet meine Tränen.

Der Bus hält und reißt mich aus meinen Gedanken. Irgendjemand braucht anscheinend unbedingt einen Kaffee, und so halten wir vor einer kleinen unscheinbaren Bar. Während die Gruppe auf den Eingang zusteuert, richtet sich meine ganze Aufmerksamkeit auf das Tal, das sich zu einer Seite hin öffnet. Am äußersten Rand erheben sich karge Berge, die die Wüste begrenzen – wie anders sie sind im Vergleich zu denen aus meiner Heimat, wie faszinierend sie doch sind.

Und was sehe ich nur wenige Schritte entfernt? Eine Bank, aus ein paar Brettern zusammengeschustert, sie thront über dem Tal. Ich setze mich und wundere mich eigentlich gar nicht, als ich ein Paar Handschuhe neben mir entdecke. Leichte Handschuhe, wie sie die Frauen hier für die Feldarbeit benutzen.

Dann bist du also hier, Mama. Dann kümmerst du dich ja noch immer um mich!

Ich muss lächeln, dagegen kann ich nichts tun, wie ich auch gegen die Tränen nichts tun kann, die mich – endlich – von dieser verflixten Wut erlösen, in der ich gefangen war. Ich heule, als wolle ich die trockene Erde zu meinen Füßen fruchtbar machen.

Ich weiß, diese Handschuhe und diese Bank sind nicht zufällig hier, denn die Dinge sprechen zu uns. Immer. Man muss ihnen nur zuhören.

Dann bist du also hier, Mama. Jetzt sehe ich es endlich. Bei jedem Herzschlag bist du hier, jedem Atemzug, jedem Beben in meiner Brust. Du bist in jedem meiner Gedanken und steckst in jeder Faser meines Körpers. Jeder meiner Blicke ist auf dich gerichtet. Und jetzt weiß ich, dass du mir immer rettend zur Seite stehen wirst.

Als wir ein paar Tage später nach Turin zurückkehren, sagt Alice, sie finde, die Reise habe mir gutgetan. Sie hat ja keine Ahnung, wie recht sie damit hat!

Am Montag darauf gehe ich mit neuem Elan an meine Arbeit heran. Angela fällt das sofort auf, als sie mich auf ihre typisch euphorische Art begrüßt, mich umarmt und meint: «Anita, du kommst mir so verändert vor! Du strahlst ja so, du hast eine andere Aura.» Angela kennt sich aus mit Auren und Chakras. Auch wenn ich mit diesen Dingen nichts am Hut habe, muss ich zugeben, diesmal stimmt es, ich fühle mich viel leichter, wie befreit von einer Riesenlast. Ich trage sogar ein leichtes buntes Kleid, das ich in Marrakesch auf dem Basar gekauft habe.

Sie erzählt mir von ihrem Urlaub, in dem ihr mehrmals schwindelig wurde vor Liebe und Sonne. Sie meint, dass die erste Woche hier ziemlich hart war, schließlich ist sie ja schon wieder seit zehn Tagen hier. Sie erzählt mir von der schlechten Laune des Chefs, von einem Kollegen, der alles hingeschmissen hat, von ihren Plänen.

«Apropos Pläne ...»

Angela heißt *Bote*, und diesmal hat sie eine wichtige Botschaft für mich. «Das habe ich neulich in die Finger bekommen», sagt sie aufgeregt. «Ich habe es extra für dich aufgehoben.»

Sie drückt mir ein illustriertes Kinderbuch in die Hand.

«Und was ist das?» Ich verstehe zwar nicht, doch ich ahne etwas.

«Das gehört zu einer Charity-Aktion des Verlags. Ein Teil der Erlöse kommt einer gemeinnützigen Organisation zugute, die sich um Flüchtlingskinder kümmert. Es ist eine Sammlung von Geschichten, und eine davon hat dein Freund, der Schriftsteller, verfasst.»

Ich hüte mich, sie über den neuesten Stand unserer *Freundschaft* zu unterrichten, und bedanke mich. Solange unser Chef noch nicht da ist und mir wieder etwas aufdrückt, habe ich nichts zu tun – der perfekte Morgen, um mich der Lektüre zu widmen.

Ich gehe an meinen Schreibtisch, und mit leicht zitternden Händen schlage ich Seite 18 auf.

Ich beginne zu lesen und ahne dabei nicht, dass es danach kein Zurück mehr für mich geben wird.

13

Aschenputtel mit roten Stiefeln

Es war einmal ein großes Königreich, in dem war es immer grau und neblig. Grau war der Regen, und die Melodien waren es auch, grau war der Schlaf, und die Träume waren es auch. Grau war der Rauch des einzigen Kamins im ganzen Königreich, es gab nur einen Kamin für ein einziges Haus. Und nur ein Haus für einen einzigen Bewohner: Blumùn, alle nannten ihn den Nebel-Prinzen. Blumùn war ein hübscher, stiller Junge, der schon immer dort im Exil lebte, ohne zu wissen warum. Er liebte sein Reich, aber er ertrug die Leere und die ewige Feuchtigkeit nicht mehr.

Eines Morgens, als er in der Nähe des Sees spazieren ging, sah er etwas im Wasser. Zuerst wusste er nicht, was es war, mehrmals rieb er sich die Augen, weil er dachte, es wäre eine Halluzination, doch dann erkannte er es: Da unten im Wasser war ein leuchtender blauer Strich.

Seit diesem Tag hatte Blumùn nur noch den einen Wunsch: Er wollte den Menschen kennenlernen, der bunte Farbspuren in seiner Nebelwelt hinterlassen hatte.

«Das war Aurora, die Prinzessin der Blumenwiesen. Wo sie auch auftaucht, beginnt der Frühling zu sprießen», sagte eine Sirene.

«Weißt du, wo ich sie finden kann?», fragte er ganz aufgeregt.

«Leider nein. Sie ist immer auf der Flucht vor ihrem Rivalen, dem Eiskönig.»

Ich blicke mich um. Die Agentur ist noch leer, auch vom Chef keine Spur. Umso besser, dann kann ich ja weiterlesen.

Ich gehe zum Kaffeeautomaten und ziehe mir einen warmen Tee, den ich zurück an meinem Schreibtisch langsam schlürfe.

Aruns Worte faszinieren mich. Ich kann förmlich seine Stimme hören. Dank der Geschichte fühle ich mich ihm wieder näher. Nach langer Zeit.

Blumùn kehrt in sein Nebelreich zurück, aber er kann Prinzessin Aurora einfach nicht vergessen. Er findet weitere Farbspuren, die ihn zu neuen Abenteuern führen. So befreit er den Wind, einen Gefangenen des Eiskönigs, der ihm dafür eine magische Brille schenkt. Er hilft Cispo, der in einer Eiche lebt, sein Volk von der Krankheit der zerschlagenen Träume zu heilen.

Ich lese alles in einem Zug, wie es Blumùn dank einer Weissagung doch noch gelingt, die Prinzessin zu finden. Fieberhaft folge ich seinen Abenteuern.

Ich habe den kleinen Jungen liebgewonnen, er erinnert mich ein wenig an Arun. Vielleicht erkenne ich mich aber auch selbst in diesem verlorenen Jungen wieder, der einsam und verlassen im Nebel hockt. Am liebsten würde ich ihm sagen: *Hier geht's lang, gib mir deine Hand.*

Wie in allen Märchen rettet der Prinz Aurora natürlich. Dank der magischen Brille kann er verhindern, dass ihr Papierboot auf stürmischer See kentert. Sie ist so winzig klein wie ein Tautropfen, und ihr Haar hat die Farbe reifen Getreides, genau wie er es sich immer vorgestellt hat.

Am Ende verlässt die Prinzessin ihn fluchtartig, lässt ihm aber ein Paar rote Stiefel als Geschenk zurück. Blumùn kriegt keinen Ton heraus, lange betrachtet er die Stiefel.

Jetzt muss ich ebenfalls schlucken, aber ich habe noch immer ein Brett vor dem Kopf. Mehrmals lese ich den letzten Absatz durch. Irgendwoher kenne ich die Geschichte. Ein Mädchen, das gerettet wird. Ein Papierboot. Und dann diese Stiefel. Rot! Das kann nicht sein!

Und doch ...

«Wir werden uns wiedersehen, sei ganz beruhigt», versicherte sie ihm, während sie sich zusammen mit ihren Mägden entfernte.

Blumùn rührte sich nicht von der Stelle. Es war das erste Mal, dass sein Herz kurz stehenblieb. Es erinnerte ihn an das, was er über die Liebe gelesen hatte.

Er wunderte sich über das Licht, das plötzlich in seine Nebelwelt eingetaucht war. Als er wieder in seinem grauen Schlossgarten war, ließ er sich erschöpft im Gras nieder und betrachtete die Stiefel etwas genauer. Instinktiv schlüpfte er hinein und stellte fest, dass sie ihm passten. Doch das war nicht das einzig Wundersame an diesen Schuhen. Bei jedem Schritt lösten sich all der Schnee und das Grau, das ihn umgab, in nichts auf, und darunter kamen sprießende Blumen in den leuchtendsten Farben zum Vorschein.

Aurora hatte ihm ein Stück Frühling geschenkt und seiner grauen Welt die Farben zurückgegeben. Das Nebelreich verwandelte sich in einen großen Garten voller Licht und Wärme.

«Wir werden uns wiedersehen, Aurora», murmelte er und lächelte.

Und er wusste in seinem tiefsten Inneren, er würde nie aufhören, seine Prinzessin der Blumenwiesen zu suchen.

14

Die Kieselsteine des Kleinen Däumling

Das bin ich! Die Prinzessin der Blumenwiesen, das bin ich, da bin ich mir ganz sicher. Jetzt, da ich die Botschaften, die das Leben mir schickt, richtig lesen kann, ist es eindeutig: Arun meint mich in der Geschichte, er spricht von unserer Begegnung im Wald vor vielen vielen Jahren. Er war der Junge, der mich vor dem Absturz in die Schlucht bewahrt hat, er war es, der mich gerettet hat, mein guter Waldgeist. So *muss* es gewesen sein!

Deswegen kam mir sein Gesicht auch so bekannt vor. Wir sind uns begegnet, als wir noch zu jung waren, um die Bedeutung einer solchen Begegnung zu verstehen. Oder vielleicht haben wir das sogar? Vielleicht haben wir seitdem nicht aufgehört, uns zu suchen, wie die Figuren in der Geschichte. Vielleicht suchen wir uns schon immer.

Und ich habe ihn einfach so gehen lassen! Bin einfach meinem eigenen Schmerz hinterhergerannt, ohne zu versuchen, mich auf ihn zuzubewegen, herauszufinden, warum er mich angelogen hat, warum er mir seinen Sohn verschwiegen hat. Ich hätte ihm eine Chance geben müssen, es mir zu erklären, hätte auf meinen Instinkt hören sollen, auf mein inneres Lächeln, das mich immer dann überfiel, wenn wir zusammen waren. Darauf hätte ich hören sollen, und nicht auf die blinde Wut und den Schmerz.

Ich gehe raus und rufe ihn an, ich kann nicht mehr warten. Zum Glück habe ich seine Telefonnummer nicht gelöscht. Eine automatische Ansage teilt mir mit, dass der Gesprächspartner vorübergehend nicht erreichbar ist, so ein Mist! Aber ich habe keine Lust zu warten; jetzt, wo ich meine Farbspur im Nebel sehe, muss ich ihr doch folgen!

Und wenn er eine neue Nummer hat? Es ist mehr als fünf Monate her, dass wir telefoniert haben.

Ich gehe wieder in die Agentur und suche im Internet nach dem Verlag, bei dem er sein letztes Märchenbuch veröffentlicht hat. *Die Verheißung des Piraten mit den wilden Haaren*, Arun Agostini, Verlag Il Pellerossa.

Ich suche nach der Adresse – zum Glück sitzt der Verlag in Turin, eine halbe Stunde von hier entfernt.

Ich sage zu Angela, dass ich gehe, dass ich etwas Dringendes zu erledigen habe, dass sie dem Chef sagen soll, ich hätte Migräne oder was ihr gerade einfällt. Verwundert sieht sie mich an, sie erkennt mich kaum wieder, schließlich ist sie es gewohnt, mich acht und mehr Stunden an den Schreibtisch gekettet zu sehen.

«Bist du sicher, dass es dir gut geht?»

«Mir geht's blendend», entgegne ich lachend.

Ich rufe ein Taxi. Eigentlich nehme ich immer Bus und Bahn, aber jetzt bin ich zu ungeduldig, ich habe das dringende Bedürfnis, mal nicht im Treibsand festzustecken. Außerdem habe ich Angst, dass mich mein Mut verlassen könnte und ich wieder in meiner persönlichen Hölle ende. Womöglich würde ich mich wieder an meine graue Welt gewöhnen, in der ich die letzten Jahre gelebt habe.

Ich bin absolut nicht scharf darauf, wieder das schüchterne, ängstliche Mädchen zu sein, dessen Frisur immer perfekt sitzt – ein paar Fransen in den Augen –, mit seiner ewigen Panik, der Wahrheit ins Gesicht zu sehen. Ich möchte endlich ehrlich zu mir selbst sein, alles auf eine Karte setzen. Alles oder nichts.

Arun, möchtest du diese Karte sein?

Das geht mir gerade durch den Kopf, während der Taxifahrer einen Schnulzensender hört und immer mal wieder über andere Autofahrer schimpft. Den Schnulzen im Radio höre ich gar nicht zu, weil in meinem Kopf nur ein Refrain ertönt:

Alegría
Wie ein Lichtblitz des Lebens
Alegría
Wie ein verrückter Schrei …

Der Verlag befindet sich in einem sanierten Altbau, in dem verschiedene Firmen ansässig sind. Als ich vor der Tür stehe, komme ich mir auf einmal ziemlich albern vor – wie Prinzessin Aurora im Schnee. Ich lächele und trete ein.

Sehr gepflegt sieht es da aus, die Wände scheinen frisch gestrichen zu sein, überall stehen Vasen mit Blumen. Die Empfangsdame stellt mir die Frage, die sie wahrscheinlich tausendmal am Tag stellt: «Was kann ich für Sie tun?»

Was soll ich denn jetzt bloß sagen?

Ich frage nach dem Verlagsleiter.

«Wollen Sie mit Herrn Bellocchi sprechen?»

«Genau, mit dem.»

«Haben Sie einen Termin?» Ihre Freundlichkeit kippt zusehends.

«Ja, natürlich», sage ich spontan. «Das heißt, nein ... Ich bin seine Cousine, er weiß, dass ich heute irgendwann vorbeikommen wollte.»

«Also, ich weiß nicht ... Er ist vielleicht gerade in einer Besprechung.»

«Ich warte einfach.» Ich erkenne mich kaum wieder, so dreist.

«Einen Moment.»

Sie telefoniert, aber ich kann nichts verstehen, weil sie sich weggedreht hat. Sie legt auf.

«Sie können hoch gehen. Dritter Stock, Aufgang 2. Links ist der Wartebereich. Er kommt dann zu Ihnen, sobald er fertig ist.»

Ich gehe hoch, setze mich, warte. Ich versuche, mir die Worte zurechtzulegen, die ich sagen möchte, um an die gewünschten Infos zu kommen, aber mir fällt nichts ein, ich habe ein Brett vor dem Kopf. Und so verstreichen dreißig Minuten, vierzig Minuten. Fünfundvierzig Minuten. Dann erscheint ein gepflegt aussehender Mann. «Ich stelle fest, dass ich eine Cousine habe, von deren Existenz ich gar nichts wusste.» Er sagt dies halb scherzhaft, eine leichte Verwunderung schwingt jedoch auch mit.

«Bitte entschuldigen Sie, aber ich muss Sie unbedingt sprechen, es ist wichtig, es dauert auch nicht lange, versprochen», sage ich, ohne Luft zu holen, gleichzeitig denke ich: Alles oder nichts.

Er schweigt kurz, scheint aber einverstanden zu sein, vielleicht mehr aus Neugier denn aus Höflichkeit. «Marco Bellocchi. Kommen Sie!» Dabei streckt er mir seine Hand entgegen.

Obwohl er weit über sechzig sein dürfte, ist er ein attraktiver Mann – groß, schöne Gesichtszüge, selbstsichere Ausstrahlung, fester Händedruck.

«Nehmen Sie Platz. Heute ist viel los. Stört es Sie, wenn ich rauche? Also, was verschafft mir die Ehre?» Ich meine, einen Funken Ironie herauszuhören.

Während er sich eine Zigarette ansteckt, rücke ich mit meinen wahren Absichten heraus: «Ich bin hier, weil ich eine Information von Ihnen bräuchte ... die Telefonnummer eines Autors von Ihnen, Arun Agostini.»

Er stößt eine Qualmwolke aus und runzelt die Stirn.

«Signorina, die dürfen wir Ihnen leider nicht geben.»

«Ich weiß ... Also, es ist so, ich habe seine Nummer ja ... Seit Tagen rufe ich ihn an, aber er ist nicht erreichbar», sage ich, auch wenn es nicht ganz der Wahrheit entspricht.

Er will die Nummer sehen, die ich habe, und vergleicht sie mit der in seinen Kontakten.

«Stimmt, das ist sie ...»

«Hören Sie, ich muss wirklich dringend mit ihm sprechen.» Ich bin selbst verblüfft über das Ausmaß meiner Dreistigkeit. «Es würde jetzt zu weit führen, Ihnen alles zu erklären, aber Sie können mir glauben, ich werde niemandem schaden, weder Ihnen noch Arun, ganz im Gegenteil, ich bin sicher, er wird Ihnen dankbar sein, dass Sie gegen die Regeln verstoßen haben und mir dabei behilflich waren, ihn zu kontaktieren.»

Herr Bellocchi bricht in schallendes Gelächter aus. «Einverstanden, ich werde eine Ausnahme machen, Sie sind mir sehr sympathisch, hoffentlich muss ich es später nicht bereuen. Andererseits habe ich auch keine Lust mehr, ihn immer so allein zu sehen.» Dabei zwinkert er mir zu.

«Nein, hören Sie, es ist nicht, wie Sie denken ... Eigentlich muss ich ...»

«Schon gut, Sie müssen mir nichts erklären, ich vertraue Ihnen.» Er nimmt ein Post-it und schreibt die Nummer aus seinen Kontakten darauf. «Hier bitte, das ist seine aktuelle Nummer. Aber etwas sollten Sie noch wissen. Er ist nicht in Italien, letzte Woche ist er nach Kopenhagen geflogen. Er arbeitet an einem wichtigen Verlagsprojekt, ich habe ihn selbst dorthin geschickt, er wird für ein Weilchen dort sein.»

Ich falle fast vom Stuhl. «Wie, für ein Weilchen? Ich meine ... für Tage, Wochen?»

«Vielleicht auch für ein paar Monate oder länger. Das kommt darauf an, wie das Projekt läuft. Ich kann Ihnen dazu nichts Genaues sagen.»

«Wie bitte? Und was ist mit seinem Sohn? Hat er ihn mitgenommen?» Die Worte sprudeln jetzt regelrecht aus mir heraus.

«Welcher Sohn?» Diesmal ist er es, der fast vom Stuhl fällt. «Hören Sie, ich kenne Arun seit vielen Jahren, wir haben auch ein gewisses Vertrauensverhältnis aufgebaut, soweit man bei so einem komischen Vogel überhaupt von Vertrauen sprechen kann ... Aber von einem Sohn war nie die Rede.» Und wieder muss er lachen.

Jetzt verstehe ich wirklich gar nichts mehr. Aber Angela war sich doch ganz sicher – sie hat ihn mit einem Jungen gesehen, der Papa zu ihm sagte. Sie hat sich bestimmt nicht getäuscht. Mag sie noch so viele Macken haben, aber ihr Personen- und Namensgedächtnis ist perfekt, und sie würde nie etwas behaupten, wenn sie nicht ganz sicher ist. «Dürfte ich Sie auch nach der Adresse seines Hotels fragen?»

«Also schön, hier ist sie. Reden Sie mit ihm, ich habe den Eindruck, dass Sie noch einiges zu klären haben.»

«Danke, vielen Dank ...», bringe ich stotternd hervor. Ich nehme den Zettel und stecke ihn schnell in die Tasche, bevor er es sich noch anders überlegt. Als ich aus der Tür seines Büros schlüpfe, zwinkert er mir noch durch eine Rauchwolke zu. «Grüßen Sie Arun von mir! Er weiß ja, wo er mich findet, wenn er sich bei mir bedanken möchte.»

Als ich wieder auf der Straße stehe, zittern meine Beine. Ich verstehe nur noch Bahnhof, ehrlich gesagt. Wenn er also gar nicht gelogen hat? Ich weiß überhaupt nicht mehr, was ich denken soll, außer dass ich – wie der *Kleine Däumling* – immer mehr Kieselsteine finde, die mich zu diesem sonderbaren Märchenautor führen.

Und dann treffe ich die spontanste und mutigste Entscheidung meines Lebens: Ich werde ihn nicht anrufen, sondern ihn mit einem Besuch überraschen.

Ganz in der Nähe ist ein Reisebüro. Ich muss nicht lange überlegen, sondern betrete es gleich und erkundige mich nach einem Flug. Eine freundliche junge Frau sagt, es gäbe noch einen für den nächsten Tag, Abflug in Mailand 20:15 Uhr, Ankunft in Kopenhagen 22:20 Uhr.

«Perfekt!»

«Und der Rückflug ...» Ihre suchenden Augen tasten den Monitor ab.

«Nicht nötig, ich nehme nur den Hinflug.» Alles andere wird sich zeigen, denke ich.

Ich verlasse das Geschäft und bin noch immer schwer beeindruckt von meiner Spontanität. Aber da ist noch etwas, das ich erledigen muss.

Ich gehe zurück in die Agentur, um mit meinem Chef zu sprechen. Er bittet mich in sein Büro.

«Schön, dass Sie wieder da sind, Anita, man hat mir gesagt, Sie hätten einen Migräneanfall. Ich bin froh, dass es Ihnen wieder besser geht. Also, wegen dem Urlaub ...»

«Hören Sie, ich bin eigentlich nur hier, weil ich Sie um

eine Beurlaubung bitten möchte, für mindestens einen Monat, ab morgen.» Ich senke meinen Blick. Wie undankbar ich doch bin, schließlich habe ich es ihm zu verdanken, dass ich meine Miete bezahlen kann.

«Anita, es tut mir leid, aber den Gefallen kann ich Ihnen nicht tun. Sie waren immer sehr zuverlässig, ich weiß, deswegen hatte ich auch nichts dagegen, als Sie für längere Zeit zu Ihrer Mutter gefahren sind.»

Klar, damals ging es ja auch ums Sterben, jetzt geht es nur ums Leben.

«Ihr Vertrag endet in acht Monaten, wir können uns dann gerne noch einmal darüber unterhalten.»

«Nein, hören Sie, ich brauche den Urlaub jetzt!»

«Jetzt geht es nicht, tut mir leid», sagt er mit versteinerter Miene.

«Gut, dann sehe ich mich gezwungen zu kündigen.» Ich kann gar nicht glauben, was ich da eben gesagt habe. Mein rebellisches Alter Ego kann doch so etwas nicht bringen ...

«Was ist denn los, Anita? Fühlen Sie sich nicht wohl in unserer Agentur? Wenn Sie reden möchten ... vielleicht finden wir ja eine Lösung.»

«Ich brauche den Urlaub, und zwar jetzt!»

Und ob es so etwas bringen kann!

Meine Sachen werde ich ein andermal holen und dann auch die Kündigung abgeben, jetzt habe ich keine Zeit, meinen Schreibtisch zu räumen, ich nehme nur ein paar Bücher mit, den Rest erledige ich später.

Ich gehe zu Angela und meine nur: «Ich melde mich in den nächsten Tagen mal.» Wenn ich ihr sagen würde, dass ich gekündigt habe, könnte es sein, dass ich meinen Flug verpasse, weil sie mich mit Fragen bombardieren würde. Und diesen Flug darf ich nicht verpassen.

15

Vor dem Morgengrauen

Zwei Stunden vor Abflug erreiche ich den Flughafen mit meinem alten Trolley, in den ich nur das Nötigste gepackt habe. Gut möglich, dass Arun mittlerweile eine Freundin hat und gar nicht wild darauf ist, mich zu sehen. Er könnte total sauer auf mich sein, so wie ich ihn behandelt habe! Er könnte mich für eine arme Irre halten, die total neben der Spur ist.

Er könnte mich vergessen haben.

Könnte die Zukunft mich anrufen, so hätte sie mir alle Fragen beantworten können, aber ich weiß, dass ich diese Antworten auf meiner Reise selbst finden muss.

Weil ich wieder heftig an meinen Fingerknöcheln herumgekaut habe, sind sie jetzt knallrot. Ich versuche, mich abzulenken, schaue mich um und warte auf das Boarding. An so einem Ort kann man prächtig Leute beobachten: wie sie rennen, um ihren Anschlussflug nicht zu verpassen, wie sie warten, und wie das Warten einfach nicht enden will, wie sie ihren Flug verpassen, was sich geradezu fatal auf so manches Schicksal auswirken kann.

Das Warten auf ein Flugzeug, auf die Liebe, auf ein Kind.

Alles auf eine Karte setzen – siegen oder sterben.

Ich bin nie allein verreist. Noch nie, nicht einmal für einen Sonntagsausflug. Immer war Tancredi oder irgendeine Freundin dabei. Das alles ist neu für mich. So neu, dass ich mich selbst kaum wiedererkenne.

Tancredi, mein treuer Reisegefährte. Jetzt, in dieser Situation, muss ich zwangsläufig an ihn denken. Nach der Trennung fühlte ich mich, als müsste ich fortan ohne Automatikschaltung klarkommen.

Und Fulvio, Aruns Vater, fällt mir dabei auch gleich ein. Was mag in ihm wohl vorgegangen sein, als er alles hinter sich ließ, um seine journalistische Neugier zu befriedigen? Ob er auch diese Angst hatte, die ich jetzt habe, ob er sich auch so verloren und gleichzeitig so lebendig fühlte? Wobei es bei ihm ja tatsächlich um alles ging – um die Liebe, um seine Zukunft, um Gefühle, um seine Seele. Hätte er den Schritt nicht getan, gäbe es Arun nicht.

Ich muss an meinen Vater denken. Bevor ich aus dem Haus ging, habe ich ihn noch angerufen, ich meinte, ich würde einen Freund besuchen. Mein Vater ist Kurzschlusshandlungen seiner ach so besonnenen Tochter nicht gewohnt, und meine Verwandlung hat er ja auch nicht mitbekommen. Trotzdem hat er den Braten wohl gerochen, weil er kurz vor dem Auflegen noch sagte: «Anita, das Leben besteht nicht nur aus Dornen. Du wirst dein Stückchen Glück auch noch abbekommen, ganz sicher.»

Und du, Mama, siehst du, was ich mache?

Was mache ich hier bloß, Mama?

Arun, was für ein Gesicht wirst du machen?

Ich stelle fest, du beherrschst meine Gedanken. Mit einem kleinen Fenster hast du angefangen, es an manchen Abenden geöffnet, durch die Gitter gelächelt hast du, wo ich dich doch eigentlich aus meinem Kopf verbannen wollte. Aber nach und nach hast du immer mehr Raum eingenommen, du hast dir ein kleines Zimmer eingerichtet, wo ich dich öfter besuchen komme, als mir lieb ist.

Ein Teil von mir, nämlich der, der nicht weiß, wohin er da gerade geht, gehört schon dir.

Kann es überhaupt eine andere Art von Zukunft geben?

Ich habe einmal gelesen, dass es im Universum einen Ort mit einer ganz persönlichen Raum-Zeit-Koordinate gibt, wo alles, was möglich ist, auch passiert. Dort sind wir zwei, wir schweben im Mondlicht, unsere Haut ist wie phosphoreszierende Milch, wir fassen uns an den Händen ...

Langsam fange ich an, mir das Leben, das ich mir wünsche, konkret vorzustellen.

Sich etwas vorstellen heißt zwar noch nicht, dass es auch tatsächlich passiert, aber es kann ein Impuls sein, das Leben selbst in die Hand zu nehmen.

«Bitte schließen Sie Ihre Sicherheitsgurte, wir beginnen mit dem Landeanflug auf Kopenhagen.» Die Stimme der Stewardess reißt mich jäh aus meinen Träumen. Mit meinen Weltraum-Phantasien habe ich mich in den Schlaf gewiegt.

Es ist der 3. September, und wie im Wetterbericht vorhergesagt, ist es kühl. Ein herbstlicher Geruch schlägt mir entgegen, die Luft ist schneidend und rein. Ich tausche ein paar dänische Kronen und nehme ein Taxi zum Hotel.

Der Taxifahrer merkt schnell, dass ich Italienerin bin und fühlt sich sofort verpflichtet, mir Tipps zu geben. Er meint, das Hotel sei eine gute Wahl, ganz in der Nähe vom Tivoli, den die Touristen so sehr schätzen. Da ich jetzt schon weiß, dass ich sowieso nicht schlafen kann, lasse ich mich am Rande dieses riesigen Vergnügungsparks absetzen, ich habe ja einen Stadtplan, mit dem finde ich auch alleine zum Hotel.

Und wieder wundere ich mich über mich selbst. Mein ganzes Leben lang hatte ich immer Angst, mich zu verlaufen, und das an Orten, die mir deutlich vertrauter waren als dieser hier.

Es kommt mir alles so unwirklich vor. Kopenhagen ist die Stadt der Märchen, und siehe da, ich selbst bin schon

Teil einer Geschichte: auf der Suche nach einem Kinderbuchautor, verlorener als Hänsel und Gretel, ängstlicher als Schneewittchen, gleichzeitig aber auch so unbeschwert wie Peter Pan.

Der Tivoli ist ein einziges Lichtermeer in der Dunkelheit dieser Spätsommernacht, die von den Klängen eines klassischen Konzerts erfüllt ist. Nur wenige Touristen sind unterwegs, die Hauptsaison ist zu Ende. Die Luft riecht nach Zimt, gebrannten Mandeln, Zuckerwatte. Spätsommerluft.

Langsam fröstele ich und gehe in Richtung Hotel. Das Zimmer ist klein, aber elegant, in perfektem dänischem Stil gehalten. Ich war noch nie allein in einem Hotel, fällt mir auf. Der heutige Tag ist eine einzige Aneinanderreihung von ersten Malen.

Die Müdigkeit benebelt meine Gedanken, und ich weiß plötzlich gar nicht mehr, wo ich bin und wie ich überhaupt hierher gekommen bin. Ich ziehe meine Klamotten aus und versuche, mich auf den Augenblick zu konzentrieren. Wie ein Mantra wiederhole ich immer wieder, dass es nur eins gibt, was ich tun muss: atmen. Der Rest ergibt sich ganz von selbst.

Und wenn Arun sagt, er will nichts mehr mit mir zu tun haben? Ich habe mir unser Wiedersehen oft vorgestellt, aber ein Abschied kam dabei nicht vor. Zuhause angekommen, würde ich dann die Tür hinter einer vertanen Chance zuschlagen, hinter einem Versprechen, das das Leben nicht gehalten hat.

Oder ich könnte ihn sehen und feststellen, dass die weite Reise ganz umsonst war, dass das Gefühl, das ich immer stärker gespürt habe, ein Missverständnis war, dass es auch nicht mehr wert ist als das lächerliche Flugticket in meiner Hand.

Nein, sollte das Ganze wirklich ein Fehler gewesen sein, dann war es der romantischste, den ich mir denken kann. Jetzt weiß ich immerhin, dass ich in der Lage bin, loszulassen und mich ganz und gar zu verlieren.

Anita, herzlich willkommen zur langen Kopenhagener Nacht. Zur Nacht der Zweifel, die Neues hervorbringt.

Denn es gibt keinen anderen Weg als durch die Nacht, um die Morgendämmerung zu sehen.

16

Dem Schicksal auf die Sprünge helfen

Um 5:30 Uhr schrecke ich aus dem Schlaf hoch, ganz plötzlich, als hätte jemand einen Eimer kaltes Wasser über mich gekippt. Lärm von draußen kann es nicht gewesen sein, die Fenster hier sind doppelt verglast, am Licht kann es auch nicht liegen, es ist noch stockdunkel. Nein, offensichtlich kam der Lärm von innen, aus meinem Kopf, vielleicht von einem Traum, den ich jetzt nicht mehr zu fassen kriege.

Umso besser, so habe ich noch etwas Zeit für mich und kann zu Aruns Hotel, bevor er zur Arbeit geht. Ich habe nämlich beschlossen, aufs Ganze zu gehen; ich werde ihn vorher nicht anrufen. Werde ihn überraschen, und an seinem Blick werde ich ablesen können, wie es um uns steht.

Ich dusche, um auch noch den letzten Rest der Anita, die ich in Turin zurückgelassen habe, wegzuwaschen. Dann ziehe ich Jeans an, die gut sitzen, einen blauen Pullover über einem T-Shirt aus dem Hard Rock-Café Berlin, ein Relikt aus Unizeiten.

Ich glätte meine Haare, so gebe ich zumindest nicht alle alten Gewohnheiten auf und kann mir einreden, ich hätte noch irgendetwas unter Kontrolle, auch wenn es nicht gerade viel ist. Etwas Make-up, um die Spuren einer sehr unruhigen, traumreichen Nacht zu vertuschen. Turnschuhe und die dunkelblaue Jacke. Ich könnte mich natürlich auch etwas eleganter kleiden. Aber ich will ich sein, ich will, dass er mich so sieht, wie ich bin. Mir wird immer klarer, dass diese irre Aktion, die ich da gerade durchziehe, nicht mehr rückgängig zu machen ist. Meine Brust ist wie zugeschnürt, als würde eine Hand darauf liegen und mir das Atmen erschweren. So muss man sich fühlen, bevor man sich mit einem Fallschirm in die Tiefe stürzt.

Ich betrachte mich im Spiegel, mustere mich ganz genau, wie ich es schon lange nicht mehr getan habe. Eine Frau, die noch immer auf der Suche nach einem Platz in der Welt ist, der für sie bestimmt ist.

Ich folge den Konturen meines Körpers, er ist zierlich, aber ganz gut in Form. Vielleicht eine etwas unscheinbare Figur. Ohne nennenswerte Defekte, aber auch ohne herausragende Besonderheiten, an die man sich erinnern müsste. Genau so, wie mein Leben bis vor kurzem noch war. Mein Leben *vorher*.

Denn es gibt Ereignisse im Leben – das habe ich jetzt gelernt –, die es in *vorher* und *nachher* teilen, durch einen klaren Schnitt, wie mit einem Skalpell.

Ich nehme meine Handtasche und verlasse das Zimmer. Aruns Hotel ist in Frederiksberg, laut Stadtplan ist es nicht allzu weit von hier. Ich beschließe, zu Fuß zu gehen, es scheint ein schöner Tag zu werden, und Zeit habe ich auch noch.

Ich studiere das Straßengewirr auf dem Stadtplan und marschiere los, sauge diese lebendige Stadt regelrecht auf. Ich gelange in eine Einkaufsgegend, mein Blick verliert sich in unzähligen Schaufenstern mit schickem Design, Fahrräder kreuzen unaufhörlich die Straße, alles kommt mir vor wie eine einzige Explosion an Formen und Farben, ich fühle mich wie im Wunderland.

Dann erregt ein Schuhgeschäft meine ganze Aufmerksamkeit. Unendlich viele High Heels mit Zwölf-Zentimeter-Absatz stehen da aufgereiht. Ganz hinten entdecke ich rot glänzende Stiefel, sie sind zwar nicht unbedingt mein Stil, aber mein Entschluss steht fest: Ich will sie tragen, wenn ich zu Arun gehe. Wenn er es wirklich ist, versteht er es auch ohne Worte, dann hat er seine Prinzessin der Blumenwiesen wiedergefunden.

Der Schuhladen öffnet um 9:30 Uhr, ich muss also noch etwas warten. Ich setze mich in eine Bar, direkt ans Fenster, und bestelle einen Kaffee. Eigentlich mache ich so etwas nie, sonst verkrümele ich mich immer in der hintersten Ecke, versuche, zwischen den Möbeln zu verschwinden und verschanze mich hinter einem Buch. Jetzt beobachte ich die Gesichter der Frauen, sie sind perfekt geschnitten und sehen aus wie aus einer Modezeitschrift. Ob Arun so viel Schönheit widerstehen konnte? Ein unerwarteter Anflug von Eifersucht verursacht ein leichtes Bauchkrampfen. Schnell spüle ich es mit einem kräftigen Schluck heißen Kaffees hinunter.

Als ich sehe, dass im Schuhladen die Rollläden hochgehen, verlasse ich die Bar. Die Verkäuferin, eine blonde, übertrieben freundliche Barbie, möchte mir Modelle zeigen, die angeblich genau zu meinem Typ passen. Aber ich steuere zielstrebig auf die roten Stiefel Größe 36 zu und schlüpfe hinein. Ich nehme sie und lasse sie gleich an. Sie sind sehr bequem, so ganz ohne Absatz, wenigstens das! Ansonsten passen sie wirklich null zu meiner Kleidung, und zu mir auch nicht. Sie sehen sogar etwas albern aus, aber das ist mir egal.

Die Barbie mit den langen Wimpern blinzelt verwundert. Wahrscheinlich denkt sie, also komisch sind sie ja schon, diese Italiener. Dann gibt sie mir eine Tüte für meine alten Schuhe.

Jetzt stehe ich vor dem Hotel, einem einfachen, gepflegten Gebäude. Trotz der Kälte habe ich feuchte Hände, mein Gesicht brennt, und ich muss gegen den Drang ankämpfen, einfach wegzurennen.

Ich betrete das Gebäude und frage an der Rezeption nach Arun Agostini. In den letzten Tagen habe ich seinen Namen vermutlich öfter ausgesprochen als meinen eigenen. Der hübsche junge Mann lächelt mich an und meint in einem etwas holprigen Italienisch: «Herr Agostini ist schon weg, tut mir leid.»

Er muss mir meine Enttäuschung angesehen haben, weil er gleich hinterherschickt: «Aber er hat für heute Mittag einen Tisch in unserem Restaurant reserviert, um 13 Uhr müsste er da sein.» Ein Blick auf die Uhr sagt mir, dass ich drei Stunden zu überbrücken habe. Ich bedanke mich und gehe raus, ich kann ja nicht die ganze Zeit in der Hotelhalle herumsitzen.

Ziellos laufe ich durch das Viertel und erreiche schon bald einen geradezu magischen Park, den Frederiksberg Have. Ein einziges Geflecht aus Bäumen und kleinen Seen, mit Schwänen, Enten und Pagoden, eine ruhige, grüne Insel mitten in der Stadt.

Erst jetzt stelle ich fest, wie viel ich noch *nicht* von der Welt gesehen habe.

Sich einen Fehler eingestehen, heißt zwar nicht, ihn ungeschehen zu machen, aber es kann dazu führen, neue Wege zu gehen.

Ich setze mich auf eine Bank an einem kleinen Teich und stelle fest, dass ich endlich lerne, mein Umfeld zu betrachten, die stille Anmut eines Efeus, der an einem Baumstamm hochrankt, die Sonnenstrahlen, die im Wasser reflektieren. Ich war immer nur bei mir, wie ein Tier, das Winterschlaf hält. Ich habe in meiner eigenen Gedankenwelt gelebt, meinen Erinnerungen, meinen Büchern.

Jetzt sehe ich, dass alles im Fluss ist, und es ist schön, das zu beobachten und nicht zu versuchen, den Lauf der Dinge zu bremsen. Den Verstand ausschalten. Tief durchatmen.

Plötzlich kommt ein Wetterumschwung. Ich sehe in den Himmel, der ohne jede Vorankündigung von einer dichten Wolkendecke überzogen ist. Es wird dunkel, kleine Tropfen fallen vom Himmel, sie werden immer dichter. Es tröpfelt. Es regnet. Es gießt in Strömen.

Schnell renne ich los, dabei stelle ich fest, dass die Stiefel gerade ganz nützlich sind. Ich halte die Plastiktüte über den Kopf in dem verzweifelten Versuch, meine Frisur zu retten. Eigentlich könnte ich jetzt, da ich den Park verlassen habe, ein Taxi rufen, aber ich bin sowieso schon klatschnass. Ich renne, werde langsamer, schließlich gehe ich. Ich kriege die volle Dusche ab.

Als ich das Hotel erreiche, bin ich noch relativ ruhig, Arun ist bestimmt noch nicht da, es ist ja noch nicht einmal zwölf.

Ich stoße die Tür auf, hebe den Blick – da steht er, mit dem Rücken zu mir, er lässt sich gerade den Schlüssel geben. Er und seine zerschlissene Jeans, seine Klamotten, die nicht so recht zueinander passen wollen. Er und seine zerzausten Haare. Er ist schön, und erst jetzt weiß ich, warum. Weil er wie ein Krieger nach der Schlacht aussieht, wie jemand, der jeden Kampf gewinnt. Seine Schönheit kommt von der Energie, die er in sich trägt, die nicht vergeht und nicht verblasst. Er ist schön, und erst jetzt kann ich es richtig sehen.

Als er das Quietschen der Tür hört, dreht er sich um.

Er sieht mich. So, wie ich bin. Nass wie ein Schiffbrüchiger, der sich gerade noch vor der Sintflut retten konnte. Und mit einer Plastiktüte auf dem Kopf, alten Turnschuhen in der Hand, tropfnassen Haaren, Make-up, das über die Wangen läuft, und diesen Stiefeln, knallrot glänzend wie ein Rennwagen.

Hier bin ich, Arun. Verstrubbelt, verängstigt, verwirrt. Durchgespült und durchnässt von diesem blöden Septemberregen. Aber lebendig wie noch nie, so lebendig wie ein Wiederauferstandener.

Er sieht mich an, als würde er sich an etwas weit Zurückliegendes erinnern. Als wäre ich ein Gedanke, der jetzt in seinem Gehirn Gestalt annimmt.

Er stellt mich scharf und geht auf mich zu. Sagt kein Wort. Steht direkt vor mir und sagt kein Wort. Langsam hebt er mein Gesicht und betrachtet es, als würde er darin etwas sehen, von dem ich nichts weiß. Er ist auch nicht verwundert, ganz und gar nicht. Entzückt, das ist das richtige Wort. Es scheint, als hätte er seit Jahren auf mich gewartet.

Es ist nur ein Augenblick, doch es kommt mir vor wie eine Ewigkeit. Noch immer sieht er mich schweigend an, dann streicht er mir über die Stirn, um dieses ganze Wasser wegzuwischen. Er trocknet mein Gesicht, die Wangen, sucht unter der schimmernden Feuchtigkeit nach verborgenen Linien, dann umarmt er mich fest. Ich umarme ihn ebenfalls, und so bleiben wir, schweigend. Für zwei Minuten, vielleicht auch länger.

Der Mann am Empfang steht hinter seinem Tresen und beobachtet uns, vor allem belustigt, weniger neugierig, als würde er sich einen alten Schwarzweißfilm ansehen.

Arun löst sich aus der Umarmung, zieht mir die nasse Jacke aus und legt seinen Mantel um meine Schultern. Zu dem Typ am Empfang sagt er: «Ich esse heute doch nicht hier, entschuldigen Sie. Bis später.» Meine Jacke und die nassen Turnschuhe lässt er einfach liegen.

Der Regen hat etwas nachgelassen, wir gehen in ein nahe gelegenes Restaurant, es sieht einladend aus mit dem brennenden Kamin, den Kerzen, sehr gemütlich! Wir betreten das Lokal, Arun umfasst meine Hüften, und ich vermute, wir geben ein überzeugendes italienisches Pärchen ab, das die Welt bereist.

Wir setzen uns, und jetzt bin ich es, die zuerst spricht: «Hast du schon auf meine Füße geschaut?» Verwundert sieht er mich an, schiebt die Tischdecke zur Seite und schaut nach unten. Ein Lächeln legt sich auf seine Lippen, dann auf sein ganzes Gesicht, und für einen Moment tritt die Falte zwischen seinen Augen deutlich hervor, um gleich darauf wieder zu verschwinden.

«Wie meinst du das?» Aber er hat längst begriffen, was ich meine.

«Hallo, Nebel-Prinz.»

Da muss er lachen, er lacht voll los, und ich steige mit ein, so laut, dass sich alle nach uns umdrehen und uns anstarren. Er muss so sehr lachen, dass seine Augen feucht werden und kleine Tränen über seine Wangen und Lippen laufen. Er ist belustigt und erfreut, denn endlich schlägt die Stunde des Schicksals und nimmt uns in Empfang.

Dann wird er ernst und sagt: «Herzlich willkommen, meine Frühlingsprinzessin, ich habe dich erwartet.»

Er steht auf und küsst mich. Der Kellner, der eben die Bestellung aufnehmen wollte, weicht einen Schritt zurück. Wir geben ihm zu verstehen, er möge später wiederkommen.

Als wir es endlich schaffen, uns voneinander zu lösen, widmen wir uns der Speisekarte, vergewissern uns aber immer wieder, ob der andere auch noch da ist.

Dann unterhalten wir uns, und es ist, als wäre nichts gewesen, als hätten wir uns gestern erst gesehen, als hätten wir uns seit jenem Nachmittag im Wald, vor langer langer Zeit, jeden Tag gesehen. Er meint, dass er damals oft mit seinem Onkel und seiner Tante im Vallarsa-Tal zum Wandern war. Und dass er das schüchterne Mädchen, das beinahe in die Schlucht gestürzt wäre, nie vergessen hat, das Mädchen und seine roten Stiefel.

Könnte die Zukunft mich anrufen, würde sie mir bestätigen, dass die Schicksale der Menschen die unglaublichsten Haken schlagen können. Erst berühren sie sich für einen Augenblick, dann streben sie auseinander. Doch sie begegnen sich wieder, vielleicht erkennen sie sich auch wieder und werden für lange Zeit eins - oder sogar für immer.

Während sie uns als Vorspeise Smørrebrød servieren, zusammen mit einem spritzigen Weißwein, fragt er: «Wie geht's deiner Mutter?»

«Sie lebt nicht mehr. Sie starb ein paar Tage vor deinem Anruf. Es tut mir leid, wenn ich ...»

«Sag jetzt nichts, bitte.» Dabei kommt seine Hand über die Tischdecke zu meiner gekrochen, um sie fest zu umschließen. «Ich wollte dich nicht aufgeben, ich wollte dir nah sein.»

«Nein, Arun, aber ich habe es nicht zugelassen. Es war besser so, glaub mir. Ich war verwirrt, ich habe mich selbst nicht verstanden. Ich möchte jetzt nicht darüber reden, dafür ist noch Zeit, es soll doch ein schöner Abend werden. Aber eine Frage habe ich doch noch, das war auch der Grund, weswegen ich am Telefon so abweisend war.» Ich hole tief Luft und sammle all meine Kräfte. «Hast du einen Sohn, Arun, hast du eine Familie, die du mir verschwiegen hast?»

«Eine Familie? Nein, Anita!»

«Bitte, lüg mich nicht an. Du musst dich nicht rechtfertigen, aber ich muss es wissen!»

«Anita, sieh mich an.» Dabei schaut er mich so durchdringend an, wie ich es von ihm gar nicht kenne. «Nein. Ich habe weder Kinder noch eine Familie.»

«Aber meine Kollegin hat mir erzählt, dass sie dich bei irgendeinem Treffen mit Verlegern gesehen hat, und dass da ein Junge war, der Papa zu dir gesagt hat, und ich dachte ...»

Arun lacht und nimmt meine Hand. Dann blickt er mir wieder in die Augen und beginnt zu erzählen. Noch eine Geschichte, noch ein Teil von sich, den er mir vor loderndem Kaminfeuer schenkt.

«Als wir uns im Zug begegnet sind, habe ich ein Projekt erwähnt, weswegen ich öfter nach Riva del Garda fahre.»

Aruns Erzählung beginnt mit dem Tag, an dem sein Leben wieder an das meine anknüpfte.

«Das Projekt ist im Prinzip eine ehrenamtliche Tätigkeit in dem Waisenhaus, in dem ich selbst gelebt habe. Ich hatte schon immer das Bedürfnis, dorthin zurückzukehren. Ich fühle mich dort zu Hause, fast wie ein Familienmitglied, oder wie einer, der dort angestellt ist. Als Schriftsteller bin ich flexibel und kann pendeln. Sobald ich Zeit habe, besuche ich auch meine Tante und verbringe so viel Zeit wie möglich bei ihr.

Von Anfang an wollte ich verhindern, dass ich ein Kind zu sehr in mein Herz schließe, ich wollte eine gewisse Distanz wahren, wie ein Arzt zu seinen Patienten. Es ist ein einziges Kommen und Gehen in so einem Heim, und ein Kind besonders liebzugewinnen, würde bedeuten, sich gegenseitig weh zu tun.

Aber dann ist etwas passiert, und ich hatte gar keine andere Wahl. Vor ungefähr drei Jahren kam Raffaele, der Junge, mit dem mich deine Kollegin gesehen hat. Er war vier Jahre alt und sprach nicht, bis auf ein paar wenige Wörter, die er täglich brauchte, essen, trinken, schlafen, so was in der Art. Ansonsten zog er sich zurück und starrte auf den Boden. Alles war rund an ihm, er sah sehr süß aus, und gesund. Aber wenn man auf ihn zuging, merkte man sofort, dass etwas nicht stimmte. Er konnte einem nicht in die Augen sehen und wirkte wie ein gehetztes kleines Tier. Er war gar nicht präsent. Das war so auffällig, dass man zuerst dachte, er wäre Autist, aber die Untersuchungen haben das nicht bestätigt. Man kam nur einfach nicht an ihn heran, er war nicht greifbar.

Das zweite oder dritte Mal, als ich ihn traf, ist mir dasselbe passiert wie mit dir – ich habe seine Geschichte *gespürt*. Er verhielt sich so, als hätte er auf der Bühne des normalen Lebens nichts zu suchen, als müsste er außen vor bleiben. Das war ihm natürlich nicht bewusst. Ich habe also angefangen, Informationen über ihn zu sammeln und seine Vergangenheit zu erforschen. Zum Glück kannte ich den Leiter des Heims ziemlich gut, und er sagte mir alles, was er über ihn wusste. Raffaele war kurz nach seiner Geburt in Treviso ausgesetzt worden. Seine Mutter hatte ihn in einer Babyklappe abgelegt. Vier Jahre lang war Raffaele in einem Heim in Treviso, dann kam er nach Riva del Garda, wo ich ihn zum ersten Mal sah.

Da begriff ich, warum ich mich instinktiv zu ihm hingezogen fühlte. Das Leben hatte dem Jungen keine Identität gegeben oder eine Vergangenheit, die Bestätigung, dass er existierte. Und er hat darauf entsprechend reagiert, indem er unsichtbar und zum stummen Zuschauer wurde.

Dank ihm habe ich begriffen – wenn auch spät –, wie glücklich ich mich schätzen kann, dass ich meine Eltern zumindest für kurze Zeit kennenlernen durfte. Dass sie mir noch vermitteln konnten, dass ich ein Recht darauf habe, geliebt zu werden.

So habe ich meinen Vorsatz aufgegeben und bin auf dieses zerbrechliche Geschöpf zugegangen. Den ganzen

Sommer über war ich in Riva und habe alle Termine für diese Zeit abgesagt. Es war schwierig, sich ihm zu nähern und etwas aufzubauen.

Zuerst habe ich mich einfach nur schweigend zu ihm gesetzt. Wenn er nicht auf der Bühne des Geschehens steht, dann sitzen wir eben zusammen im Publikum. Es dauerte Tage, sogar Wochen, aber dann ist etwas passiert. Er hatte da dieses alte, hässliche Stofftier, es war ein Igel, er trug ihn immer bei sich, wahrscheinlich hatte er ihn schon von klein auf. Einmal ist er ihm hinuntergefallen, ich habe ihn aufgehoben und ihm seinen Igel wiedergegeben. Das war der Moment, als er mich zum ersten Mal direkt ansah. Seine grünen Augen haben meine fixiert. Ich konnte darin ein Licht erkennen, wie ich es noch nie bei einem Menschen gesehen hatte. Da habe ich gespürt, dieses Kind gehört zu mir, ich kann das aber nicht so richtig erklären. Vielleicht waren wir in einem anderen Leben einmal Freunde oder Brüder oder Vater und Sohn. Ich weiß auch nicht, auf jeden Fall ist er ein Teil von mir.

Ein paar Wochen später hat er meine Hand gedrückt. Wir saßen gegen die Wand gelehnt da und beobachteten gerade zwei Mädchen beim Legospielen. Plötzlich hat er nach meiner Hand getastet und sie fest gedrückt. Einfach so. Ab da hat er sie nicht mehr losgelassen. Ich bekam dann die Erlaubnis, ab und zu etwas mit ihm zu unternehmen, für ein paar Stunden oder auch länger. Er spricht nach wie vor wenig, nur das Nötigste. Eines Tages – er war damals gerade fünf geworden, und wir waren im Park – sagte er: ‹Arun ist ein schwieriger Name. Kann ich

Papa zu dir sagen?› Er hat genau dieses Wort gewählt, als wäre es das Natürlichste der Welt.

Wann immer ich Zeit habe, besuche ich ihn. Auch jetzt fliege ich zu ihm, sobald mein Job es mir erlaubt. Leider kann ich ihn nicht adoptieren, weil ich Single bin. Also müssen wir uns mit dem zufriedengeben, was wir haben. So gesehen, habe ich dich angelogen, oder sagen wir mal so, ich habe dich zum Teil angelogen, weil ich glaube, man kann ein Kind haben, auch wenn man nicht der biologische Vater ist. Insofern ja, es stimmt, ich habe einen Sohn. Wenn man es an der Liebe festmacht, dann kann man ihn als meinen Sohn bezeichnen.»

Als er seine Geschichte zu Ende erzählt hat, merke ich, dass ich meinen Nachtisch mit den leckeren Waldbeeren noch nicht angerührt habe. Und dass ich feuchte Augen habe. Wegen diesem einsamen Jungen, wegen diesem großartigen Mann, den ich da vor mir habe, wegen meiner eigenen Blödheit. Ich war ja so was von blind, habe nur auf meinen Schmerz gehört anstatt auf meine innere Stimme, die mir immer wieder gesagt hat, ich solle ihm vertrauen.

Aber egal, jetzt bin ich hier. Und nur hier möchte ich sein!

Was das Leben doch für Wunder auf Lager hat, wie etwa diese Liebe zwischen einem Kinderbuchautor mit dramatischer Kindheit und einem Jungen, dem die Worte fehlen. Wer, wenn nicht Arun, könnte sie ihm zurückgeben? Er bedient sich einfach aus seiner Märchenwelt!

Er hat dem Jungen also seine Sprache wiedergegeben und ihm einen Platz in der Welt verschafft. Im Gegenzug hat Raffaele ihm dabei geholfen, seine Vergangenheit mit anderen Augen zu sehen und seinen Schmerz zu lindern, zumindest ein bisschen.

Raffaele bedeutet *Gott hat geheilt*. Und Gott hat seine Medizin zwei Menschen zukommen lassen, die sie dringend brauchten.

Arun bemerkt meinen nachdenklichen Ausdruck. «Ich wollte nicht, dass du traurig wirst.»

«Nein, nein, es ist eine wunderschöne Geschichte, wie alles, was von dir kommt.»

Wir schweigen kurz, dann nehmen wir die Unterhaltung wieder auf.

«Was machst du eigentlich genau hier, woran arbeitest du?» Es gibt noch so viel zu fragen, zu sagen, so viele Leerstellen zu füllen, so viele Teile zusammenzufügen.

«Ich arbeite an einem ziemlich interessanten Buchprojekt über Andersen. Wir sammeln gerade Aufzeichnungen, die sein Leben und sein Werk betreffen. Bekannt sind eigentlich nur seine Märchen, die sind auch sehr schön, aber er hat auch andere Texte geschrieben, er war eine vielschichtige Persönlichkeit. Zum Beispiel wissen die wenigsten, dass er aus sehr armen Verhältnissen stammte oder dass er erst elf war, als sein Vater starb. Sein ganzes Leben hatte er mit Minderwertigkeitskomplexen und Hypochondrie zu kämpfen, und ... Ich langweile dich, stimmt's?»

Da ist sie wieder, die Leidenschaft dieses Mannes, die spürbar wird bei allem, was er tut.

«Nein, überhaupt nicht! Ich könnte dir stundenlang zuhören. Aber können wir vielleicht gehen, ich würde dich so gerne berühren.» Es ist das erste Mal, dass ich einem Mann gegenüber so direkt Wünsche dieser Art äußere.

Er verlangt die Rechnung, und schon sind wir draußen. Mehr als zwei Stunden waren wir im Restaurant, und in dieser kurzen Zeit hat das Wetter schon wieder umgeschlagen, als wolle es mir zeigen, was es alles so draufhat. Jetzt ist der Himmel klar, es weht eine leichte Brise, so mild wie im April. Ich habe den Eindruck, als würde alles wieder an seinen Platz fallen. Die Flügel, sollte ich tatsächlich welche haben, sind jetzt bereit zum Start. Endlich.

«Ich habe dich noch gar nicht gefragt, wie du mich gefunden hast», sagt Arun, während wir die Straße entlanggehen.

Ich muss lächeln. «Ich habe deinen Verleger so lange bearbeitet, bis er mit der Adresse deines Hotels herausgerückt ist. Aber willst du nicht wissen, warum ich das getan habe?»

«Das weiß ich doch schon. Du hast herausgefunden, was ich schon lange weiß, nämlich dass wir zusammengehören.»

Da ist sie wieder, diese erstaunliche Selbstsicherheit eines Menschen, bei dem jedes Wort sitzt, der immer direkt auf den Punkt kommt, ohne lange um den heißen Brei herumzureden.

Er küsst mich. Eine neue Welt tut sich auf in diesem zarten Licht eines sich neigenden nordischen Sommers.

«Gehen wir in dein Hotel?» Ich habe von ihm gelernt – auch ich kann direkte Fragen stellen, anstatt lange über jedes Wort zu grübeln.

Er nimmt meine Hand. «Gehen wir.»

Jetzt sind wir also in seinem Hotelzimmer. Überall liegen Dinge herum, die etwas über ihn erzählen. Bücherstapel auf dem Boden, auf der Bettkante. Notizhefte mit Aufzeichnungen, hier ein Schuh, dort ein Schuh, Klamotten hier, Klamotten dort. Kerzen, sogar auf den Möbeln, jetzt zündet er sie an, nachdem er die dichten Samtvorhänge zugezogen hat. Er macht Musik an: Leonard Cohen.

Und noch mehr Versatzstücke:

Eine ausgebreitete Karte von Dänemark.

Auf der Kommode der Schlüssel zu einem Fahrradschloss und eine dunkelblaue Wollmütze.

Ein kleines Diktiergerät (*«Wofür brauchst du das denn?» «Wenn ich mit dem Fahrrad durch die Stadt fahre, kommen mir manchmal die besten Ideen, aber ich kann ja schlecht jedes Mal absteigen und sie aufschreiben.»*).

Und dann das Notizbuch, das er damals, als wir uns im Zug begegneten, vergessen hat.

«Hast du das Notizbuch damals eigentlich wirklich vergessen?»

«Natürlich nicht!» Er lacht. «Ich dachte, du weißt

mittlerweile, dass man dem Schicksal manchmal etwas auf die Sprünge helfen muss.»

Könnte das Schicksal mich anrufen, würde es mir sagen, dass es immer sehr beschäftigt ist und es deshalb sehr schätzt, wenn ihm hin und wieder jemand auf die Sprünge hilft. Und dass es sich dafür auch revanchieren wird. Immer.

Er umarmt mich, hebt mich hoch, dann setzen wir uns auf den Boden. Meine Klamotten sind noch immer feucht, meine Haare sehen wahrscheinlich unmöglich aus, und die Schminke ist verschmiert.

«Ich sehe bestimmt furchtbar aus.»

«Du siehst so aus, wie ich mir dich immer vorgestellt habe – strahlend.»

Arun legt sich auf den Boden und zieht mich zu sich heran. Er streichelt mich, zeichnet die Landschaft meiner Leberflecke nach. Er ergründet die entspannten Stellen und die Ängste, jede einzelne tastet er ab.

Während er mich küsst und mich erkundet, spüre ich, dass ich wieder zu meinem Herzen zurückgefunden habe, dass ich es besser kontrollieren kann, wie auch die Route meines beginnenden Höhenflugs.

Ich spüre, es ist Teil meiner Geschichte. Ich musste nur herausfinden, wo ich hingehöre, und Mut fassen, um den entscheidenden Schritt zu tun. Ich musste mich von meinem Bann befreien, von der sinnlosen Wiederholung festgefahrener Rituale, und anfangen zu leben.

Ich schalte mein Gehirn aus und bestehe nur noch aus Gefühl. Deine Augen tief in meinen, die Spur, die deine Hand auf meinem Knie hinterlässt, unsere Hände, ineinander verschlungen, unser Atem, die unausgesprochenen Worte.

Während du mich küsst, berührt deine Hand meine Gedanken, sie erwachen, du wühlst sie auf, besänftigst sie wieder, und alles geschieht in deinem Rhythmus.

Du umfasst Fesseln und Knie, du bist ein Band, das meine Hüften umspielt, du bist ein Stromschlag, der mich wegbeamt.

Ich gebe mich dir hin und lächle, während meine Augen die deinen suchen in diesem vom Leben gezeichneten Gesicht.

Du berührst mich, als wäre es das erste Mal, dass du jemanden berührst, du siehst mich an, als wäre es das erste Mal, dass du jemanden ansiehst, nachdem du lange Zeit blind warst. Du berührst mich so sanft, als würde sich unter jedem Zentimeter meiner Haut etwas Kostbares verbergen.

Wie lächerlich wir doch sind, so schutzlos, wir haben keine Anker zum Auswerfen und auch keine Bremsen.

Dann gebe ich mich hin, Wellen der Lust überwältigen mich – es fühlt sich alles so *richtig* an.

Endlich atme ich wieder, ich liebe dich, und es ist eine Liebe, für die es keinen Namen gibt. Ich liebe dich in einem Land, das es nicht gibt, in einer Zeit, die kein Ende kennt – Zeit ist einfach nur ein leerer Raum, und darin begegnen sich unsere Körper und verschlingen sich ineinander.

Ich liebe dich, und diese Liebe ist der Anfang aller Dinge.

Dann schlafen wir ein, entkräftet, ineinander verknotet.

Kurz davor höre ich noch ein Flüstern: «Ich lasse dich nicht mehr los.»

Ein Traum wird Wirklichkeit.

Ein Traum wird Teil eines Traums, und es gibt keine Widerstände mehr.

17

Hallo, Mama

Kopenhagen, den 24. Dezember 2015

Hallo, Mama,
ich habe schon lange nichts mehr von mir hören lassen, und jetzt ist schon wieder Weihnachten. Es schneit in so dichten Flocken, dass man den Himmel nicht sieht, nur ein riesiges graues Wollknäuel. Bei mir hat sich viel getan in den letzten Monaten. Jetzt wohne ich schon seit über einem Jahr mit Arun in Kopenhagen. Das heißt, wir haben etwas außerhalb eine Wohnung gemietet, im Grünen, eine richtig kleine Oase, wo wir uns sehr wohl fühlen. Es sind zwar nur zwei Zimmer, aber sie gefallen mir, vor allem die bunten Wände, außerdem gibt es eine Terrasse mit zwei Hängematten und vielen Topfpflanzen. Wir nehmen immer das Fahrrad, überhaupt haben wir ein paar Angewohnheiten der Dänen übernommen, zum Beispiel auf die kleinen Dinge und die Umwelt zu achten.

Die Stadt ist wirklich sehr schön. Ich habe gelesen, dass sie von Fischern gegründet wurde, um die Angriffe von Piraten aus der Ostsee abzuwehren. Ich sehe Plünderungen, Entführungen, die ganze Brutalität regelrecht vor mir – du kennst ja meine blühende Phantasie. Eine Gruppe von Männern, die nichts als Netze hatten, wollten eine neue Welt erschaffen. Und siehe da, entstanden ist diese Perle der Architektur mit perfekter Infrastruktur.
Aruns Buch ist ein voller Erfolg. Es ist sogar so erfolgreich, dass sie ihm einen noch größeren Auftrag über skandinavische Autoren anvertraut haben – ein Volltreffer! Ich unterstütze ihn dabei, so ist meine jahrelange Tätigkeit als Korrekturleserin endlich zu etwas gut.
Aber ich tue auch etwas für mich, ich habe mich zum Beispiel für einen Dänisch-Kurs angemeldet. Die Sprache ist nicht ganz einfach, aber so langsam verstehe ich immer mehr. Ich besuche jetzt auch einen vegetarischen Kochkurs. Ausgerechnet ich, die nie etwas Neues ausprobieren wollte. Ein Freund von Arun hat in Christiania, einer Hippie-Siedlung, eine Kochwerkstatt eröffnet, und weil ich neugierig war, habe ich mir das einmal angesehen. Jetzt gehe ich einmal pro Woche hin. Aruns Freund ist etwas skurril, aber ein interessanter Mensch, die anderen Teilnehmer übrigens auch.
Ich habe schon viele Leute kennengelernt und neue Freunde gefunden, mit einer Frau verstehe ich mich

besonders gut, sie kommt aus Kanada, ist ungefähr so alt wie ich und bereist die Welt. Wenn es ihr an einem Ort gefällt, bleibt sie für ein paar Monate dort, dann zieht sie wieder weiter. Beziehungen enden bei ihr abrupt, sie macht kurzen Prozess und haut einfach ab. Beeindruckend ... auf jeden Fall ist sie frei! So werde ich nie sein, da müsste ich mich schon sehr verändern, und das will ich nicht. Trotzdem war ich vor ein paar Monaten eine völlig andere Anita. Ich wünschte, du könntest mir sagen, was du von der neuen Anita hältst.

Ich habe jetzt lange Haare, die ich meist offen trage, keine Ponyfransen mehr, endlich ist der Blick frei. Morgens stehe ich nicht mehr extra früher auf, um mein Haar zu glätten, ich mache das nur, wenn ich Lust dazu habe, ich gefalle mir mit verstrubbelten Haaren. An meinen Fingerknöcheln kaue ich fast gar nicht mehr herum. Ich habe aufgehört, mich ständig zu fragen, ob ich auch das Richtige tue, ich lebe einfach. Du wirst es nicht glauben, aber ich mag mich.

Vor ein paar Tagen haben wir uns an unsere erste Begegnung erinnert, das heißt, es war ja unsere zweite, die im Zug. Arun meinte damals, ich sei gefangen in einem Bann, ich könne mich davon sicherlich befreien, aber dafür müsse ich etwas anderes aufgeben.

Jetzt frage ich mich, was habe ich verloren, was habe ich dafür bekommen? Also, ich habe dich nicht mehr, meine Kindheit, eine Liebe, die mich viele Jahre begleitet hat, mein Leben davor. Außerdem die naive Oberflächlichkeit eines Menschen, der keine Narben kennt, die scheinbare Unverletzlichkeit der späten Jugend, die Tage mit mir, dir und Papa, die Tage ohne Abend – im Schatten des Kirschbaums –, die in meinem Tagebuch verewigt sind. Im Gegenzug habe ich zu mir zurückgefunden, ich habe endlich den Mut, den Anker zu lichten und loszuziehen. Und ich habe Arun.

Kämpfen heißt nicht automatisch siegen. Aber gar nicht erst zu kämpfen, heißt, auf jeden Fall zu verlieren.

Arun und ich führen ein einfaches, aber angenehmes Leben. Allzu viel Geld haben wir nicht, wir müssen ein bisschen sparen. Hinter unserem Haus bauen wir etwas Obst und Gemüse an, sodass wir im Sommer sogar ein wenig ernten können. Tagsüber sehen wir uns kaum, Arun geht ins Büro, und ich bin zu Hause, auch wenn ich für ihn arbeite, oder ich gehe in die Bibliothek, sofern ich nicht gerade einen Kurs besuche. Abends essen wir oft eine Kleinigkeit in der Stadt. Uns genügt ein schlichtes Lokal, Hauptsache wir sind zusammen. Im Sommer gibt es viele Musikfestivals im Freien, Arun liebt Jazz, und hat (auch) diese Leidenschaft in mir geweckt. Ansonsten machen wir es uns auf dem Sofa bequem, sehen uns einen schönen Film an, oder jeder ist in ein Buch vertieft, und trotzdem sind wir zusammen.

Arun ist nicht perfekt, Mama. Mit seiner Sturheit, seiner unübersehbaren Sensibilität, er ist ein Mann mit extrem geschärften Sinnen. Manchmal ist er echt schwierig, verschlossen, manchmal kommt er mir auch so schutzlos vor, Verletzungen hilflos ausgeliefert.

Hin und wieder streiten wir, wie alle Paare. Wie alle Paare, deren Beziehung funktioniert. Verstellung und Ausflüchte lässt er nicht gelten. Er wirft mir vor, dass ich nicht das ausspreche, was ich wirklich fühle, und wahrscheinlich hat er recht. Ich verpasse meinem Herzen oft einen Maulkorb, damit es nicht zu laut bellt und immer schön leise ist. Aber ich habe mich schon gebessert, Mama. Ich kann jetzt wieder weinen, wenn etwas in mir zu sehr schreit. Ich lasse es dann einfach raus, warte, bis die Riesenwelle abgeebbt und wieder Ruhe eingekehrt ist. Ohne mich zu verstecken. Arun würde mich am liebsten von allem, was mir weh tut, heilen.

Wenn es jemanden gibt, der meinem Ideal am nächsten kommt, dann ist er es. Ich wünschte, du hättest ihn noch kennengelernt! Ich weiß nicht, ob wir für immer zusammenbleiben werden. Die Erfahrung hat gezeigt, dass man keine Versprechen geben sollte, nicht einmal sich selbst gegenüber. Aber dass man den Weg, für den man sich entschie-

den hat, gelassen weiterverfolgen soll, in ruhigen wie in stürmischen Zeiten.
Arun bedeutet *Licht des Morgens.*

Ich habe Raffaele kennengelernt. Ich kann verstehen, warum Arun ihn so liebt, er ist wirklich ein ganz besonderer Junge. Zerbrechlich wie Glas, einerseits, andererseits robust und widerstandsfähig wie Granit. Wir mochten uns auf Anhieb, ich fühle mich wohl in seiner Welt des beredten Schweigens. Wir haben beschlossen, alles in die Wege zu leiten, um ihn zu adoptieren. Das wird noch einige Zeit dauern, wir sind ja noch nicht so lange zusammen, und der Gesetzgeber nimmt es sehr genau. Aber wir wollen ihn so bald wie möglich zu uns holen.
Wahrscheinlich gehen wir irgendwann nach Italien zurück. Papa fehlt mir, ich möchte nicht, dass er im Alter einsam ist. Ich besuche ihn mindestens einmal im Monat. Es geht ihm gut, trotz allem. Er macht jetzt Kerzen selber, ist das nicht witzig? Nachdem er ein Leben lang als Elektriker zugange war, kehrt er nun zum Feuer zurück. Vielleicht kehren wir alle irgendwann zu unseren Anfängen zurück.
Du weißt es ja jetzt, Mama. Ist es so?
Die Moral von der Geschichte – sofern es überhaupt eine Moral gibt –, ist: Wie im Märchen besteht das Leben aus Zeichen und Zufällen. Und wenn man aufmerksam genug ist, bringt es einen dorthin, wo man hingehört.

Du fehlst mir noch immer.
Es vergeht kein Tag, an dem ich nicht an dich denke, und das wird auch so bleiben. Ich habe mich noch immer nicht daran gewöhnt, dass du nicht mehr da bist, aber so langsam kann ich deine Abwesenheit akzeptieren oder ihr zumindest einen Platz in meinem Leben einräumen – wir beschnuppern uns, wir erkennen uns in so manchen Nächten, wenn ich aus dem Schlaf hochfahre und spüre, da ist sie wieder, deine Abwesenheit. Deine Stimme wird mir immer fehlen, aber so langsam begreife ich, dass ich dich ja noch habe, dass du noch bei mir bist, nur eben auf eine andere Art.
Weil ich weiß, dass du noch da bist, habe ich den Mut gefunden, dich ziehen zu lassen.
Den Mut, dir zu verzeihen, weil du gegangen bist, und mir, weil ich geblieben bin.
Das Leben kann einen bisweilen betrügen, klammheimlich, ohne es einem zu sagen. Es lässt einen nackt zurück, und man denkt nur noch an das eine Wort: Ende. Dann jedoch kann es einen auch erlösen, wenn es will. Man sollte dem Leben immer eine zweite Chance geben.

Ganz zum Schluss kommt das Wichtigste in ein paar Zeilen. Ich werde gar nicht lange um den heißen Brei herumreden, also: Ich bin schwanger. In meinem Bauch entsteht neues Leben.
Ja, das Leben ist betrügerisch, bringt aber immer wieder Neues hervor. Eigensinnig, wie es ist, lässt es sich nicht einfach zur Seite schieben.
Es ist noch zu früh, um das Geschlecht dieses winzigen Keimlings zu erkennen, der da in mir gedeiht und in meinem Herzen Wurzeln geschlagen hat, die robuster sind als die eines Efeus.
Aber ich habe gelernt, Zeichen zu lesen, und ich weiß einfach, dass es ein Mädchen wird. Wir werden sie Aire nennen, und sie wird deine Augen haben, noch blauer und tiefer als der Ozean.

In Liebe,
Deine Anita

Katharina Herzog
Immer wieder im Sommer

Zweimal hat Anna ihr Herz verloren: einmal an Max, doch die Ehe ging vor fünf Jahren übel in die Brüche. Und dann war da Jan … die unvergessene Liebe eines Jugendsommers. Schon lange fragt sie sich, was aus ihm geworden ist. Als sie erfährt, dass er auf Amrum wohnt, beschließt die sonst so vernünftige Anna spontan, mit ihrem VW-Bus gen Küste zu fahren. Doch dann meldet sich ihre Mutter, zu der sie seit 18 Jahren keinen Kontakt mehr hatte, mit schlimmen Nachrichten und einer großen Bitte. Am Ende sitzen nicht nur Anna und ihre Mutter zusammen im Auto, sondern auch ihre beiden Töchter – und Max ...

384 Seiten

Maria Realf

The One

Ein bezaubernder und berührender Roman über die größten Entscheidungen des Lebens

Lizzie steht kurz vor der Hochzeit mit dem attraktiven Sportlehrer Josh. Was er nicht weiß: Er ist die zweite große Liebe ihres Lebens. Nach Alex, der Lizzie so übel mitgespielt hat, dass sie nur mit Hilfe ihrer besten Freundin Megan wieder auf die Beine kam. Zehn Jahre ist es her, seit Lizzie zuletzt von Alex gehört hat – und die Vergangenheit ist für sie endgültig abgeschlossen. Aber jetzt, drei Monate vor Lizzies großem Tag, ist Alex wieder da. Er möchte ihr etwas Wichtiges sagen. Lizzie will davon nichts wissen, doch er lässt nicht locker …

384 Seiten

MIX
Papier aus verantwortungsvollen Quellen
FSC® C083411

Das für dieses Buch verwendete Papier ist FSC®-zertifiziert.